수작
사계

수작
사계

手作四季
자급자족의 즐거움

김소연 지음

모요사

인적 드문 인생길을 택할 용기와 자유를 주신 서울 부모님께,

땅에 깃들인 삶의 지혜를 물려주신 태안 부모님께 그리고

새로운 삶의 가나다를 알려준 스승, 목수 이중희에게 이 책을 바칩니다.

다시 출발선에서

도시를 떠난 지 만 구 년, 목수와 함께한 날이 올해로 칠 년째가 되었다. 태어나 줄곧 살아온 서울과 작별하며 가벼운 짐 꾸러미 하나 들고 장항선 기차에 올랐을 때 두려움 같은 건 없었다. 오랫동안 꿈꿔오던 시골살이가 드디어 시작되는구나, 기쁘고 설레는 마음뿐이었다. 얼마 뒤, 수제 가구라는 생소한 분야를 개척하려는, 가진 것 별로 없는 젊은이와 부부가 되기로 결심했을 때도 걱정은 크게 없었다.

어느 가을 오후, 소읍의 한적한 골목길에서 우연히 마주친 목수의 얼굴은 마치 전깃불을 밝힌 것처럼 환히 빛나 보였었다. '하늘이 보낸 사람이로구나. 잡아야겠다!' 돌이켜보면 모든 게 어찌 그리 간단했는지……. 시골살이가 무엇인지, 나무를 만지며 산다는 게 어떤 일인지 하나도 모르면서. 직관에 충실, 꿈만 믿고 직진. 옆도 뒤도 살필 줄 모르고 가고 싶은 방향만 분명한 초보운전자처럼 달려왔다.

어렵고 외로운 시절을 거쳐 나무 만지는 목수의 품새와 살림 사는 모양새는 전보다 나아졌지만 아직 우리는 출발선에 있다. 그 선에 서기 위해 지금껏 노력해왔고 이따금 노력의 결실과 마주할 때 기쁘고 자랑스러웠지만, 그래봤자 출발선이다. 그런 주제에 짧은 경험을 책으로 엮을 생각을 하니 민망했다.

"목수는 아직 대단한 장인도 아니고요, 제가 가꾸는 정원이라고 해봤자 고작 한두 해밖에 안 됐어요. 그렇다고 바느질 솜씨가 남다른 것도 아닌데 책은 무슨⋯⋯."

출판사의 답변은 간단했다.

"바로 그렇기 때문에 쓸 수 있는 얘기가 있을 거예요."

바로 그렇기 때문에⋯⋯? 시골살이와 나무 만지는 직업과 무엇이건 손수 만들어가는 생활이 희한한 별세계로만 보이던 뭣 모르던 초짜의 눈. 그래, 그거라면 써볼 수 있겠다. 현실의 벽 앞에 자꾸 넘어지고, 꿈은 원대해도 사는 모습은 남루하고, 그래도 작은 기쁨 몇 개를 놓치지 않고 애써서 가꿔온 이야기라면.

그렇게 원고가 마무리 단계에 이르렀다. 나 같은 요리맹이 '정원 요리' 꼭지를 끼워 넣었다는 사실에 지인들(내가 해준 밥을 먹어본 사람들)은 기함할지 모른다. 가구 팔아 먹고사는 목수의 아내가 '이 사람도 한때 그토록 서툴렀소' 하고 바치는 고해성사가 철없어 보일 수도 있다. 그러나 심지어 나 같은 사람도 요리에 흥미를 가질 만큼 채소와 열매의 정원은 매력적이었고, 재주가 부족했기에 돌아보면 항상 어제보다 오늘이 나았다. 거기에 희망이 있었다.

사실 확인을 위해 목수에게 원고를 보여주었더니 몇 군데 수정을 거치고 나서 목수가 한마디 했다.

"재밌네. 그런데 내가 정말 이런 말을 했어?"

그렇지, 이것은 무려 칠 년 전 이야기. 담백 단순한 목수는 벌써 그

중 몇 토막을 깜박 잊고 남의 얘기 읽듯 우리 얘기를 읽는다. 어쩌면 나는 한 번 더 스스로를 속여 넘겼는지 모른다. 대단히 훌륭한 목수인 줄 알고 결혼했고 별스럽게 아름다워질 정원인 줄 알고 손바닥만 한 땅에 매달렸으나, 시간이 지나고 보니 예전의 남편은 그저 목수가 되고 싶어 하는 성실한 남자였고 마당은 대한민국 시골 어디에나 있는 그냥 작은 땅뙈기였다. 대단한 이야깃거리인 줄 알고 써내려간 글들이 시간이 흐른 뒤엔 어찌 읽힐까? 주렁주렁 달린 장식의 빛은 바래도 때론 촌스러움이 한 시절의 추억이라며 빙긋 웃게나 되면 좋겠다.

기억을 더듬고 좀 더 정확한 내용을 전하고자 노력했지만 목수가 아닌 아내의 관점에서 써가다 보니 목공과 관련한 묘사가 섬세하지 못한 부분이 있을 것이다. 더 널리, 더 깊이 꿰고 있을 여러 독자 분들의 양해를 구한다.

기획부터 책이 완성되기까지 모요사출판사의 도움을 많이 받았다. 첫 원고의 방향을 잡을 때 손경여 실장이 날려준 어퍼컷은 평생 잊지 못할 최고의 쓴소리였다. 통쾌한 케이오 뒤에 비칠비칠 일어나 심기일전 자판을 누르며 비로소 글 쓰는 재미를 알았다. 진심 어린 감사의 말씀을 전한다.

2014년 가을 초입에

김소연

차 례

봄

모든 일의
시작

시골마을
외딴 작업실

목수가 시골집을 얻어 나무작업실을 연 것은 칠 년 전이었다. 그때 우리는 동업으로 시작한 목공 사업에 실패해 상당한 경제적 부담을 안고 있었다. 그리고 어느 날, 장소를 제공했던 파트너로부터 '사흘 안에 짐을 챙겨 나가달라'는 통보를 받았다.

짐을 옮기는 일부터 만만치가 않았다. 통나무와 판재를 포함한 목재의 부피가 상당했고, 소형 전동공구와 잡다한 목공 소품, 갖가지 용도의 끌, 대패, 자귀, 목공용 낫 등 목수가 하나씩 사모은 수공구의 양도 적지 않았다. 무엇보다 문제는 수백 킬로그램에 달하는 수압대패의 무게였다. 주물로 만든 수압대패는 판재의 거친 면을 갈아내는 기계로, 작동할 때마다 귀를 찢을 듯 날카로운 쇳소리를 내는데다 다루기도 위험하고, 작동 중 조금이라도 꺼떡이면 큰일이기 때문에 무쇠를 녹여 의도적으로 육중하게 만든다. 혼자서는 들 수 없는 이 기계를 옮기기 위해 주위에 도움을 청해야 했다. 망해 나가는 길에 우리가 처한 사정을 남에게 알리는 일은 씁쓸했다. 하지만 진짜 문제는 아직 남아 있었다. 어디로 옮길 것인가?

시골에 산다는 건 지역의 좁은 그물망의 일원이 된다는 뜻이다. 얼굴을 직접 맞대는 얼마 안 되는 사람들 사이의 *끈끈한* 관계. 목수는 서해안에 면한 다른 고장 출신이고 나는 먼 도시에서 온 뜨내기였지만, 지역의 다양한 사람들을 이리 묶고 저리 연결하는 그물망은 우리 같은 뜨내기에게도 한 자리 내어줄 정도로 자비로웠고 또 촘촘했다. 우리는 두 통의 전화를 걸었고(한 통은 소개자, 또 한 통은 집주인), 마지막 통화에서 집을 빌려 써도 좋다는 승낙을 얻었다. 정해진 기간 사흘 중 둘째 날, 수압대패를 비롯한 모든 연장과 작업 중이던 가구, 목수 소유의 목재를 온전히 실어 나를 수 있었다.

　새로 얻은 작업실은 서천군 판교면의 낡은 시골농가였다. 읍에 사는 집주인은 어릴 때 아버지와 형들을 도와 이 집을 지었다고 했다. 초가에서 지붕만 슬레이트로 개량했을 뿐 나무 골조와 툇마루, 군불 피우는 재래식 부엌이 고스란히 남아 있는 옛집이었다. 주인이 주말마다 농사지으며 쉬는 농막으로 쓰고 있었기 때문에 목수가 빌린 것은 부엌과 마당으로 한정되었다. 부엌의 천장은 오랜 세월 불을 지핀 탓에 검댕이 들러붙어 마치 일부러 검은 칠을 한 것 같았고(나는 세월의 자국인 이 검은 천장을 좋아했다), 바닥은 단단하게 다져지긴 했으나 살림의 필요에 따라 물길이 여기저기 파인 울퉁불퉁한 흙바닥이었다. 마당이야 말할 것도 없이 겨울엔 얼어붙는 눈 바닥, 여름엔 무성한 풀 바닥인 노천이었다. 말하자면 목수의 새로운 작업실에는 수평이 맞는 평평한 땅도,

공간이 충분히 확보되는 지붕 덮인 자리도 없었다.

이곳에서 그는 가구의 수평을 맞추기 위해 최대한 넓은 철제 작업대(오로지 가구를 올려놓고 수평계를 보기 위해서!)를 만들어야 했고, 내리꽂히는 불볕더위를 피하기 위해 마당 네 귀퉁이에 기둥을 세워 천막지붕을 쳤으며, 겨울에는 기둥 사이에 비닐을 둘러쳐서 매서운 한파를 피해보려 노력했다. 유일한 실내 작업실인 네 평 남짓한 부엌에는 직접 만든 난로를 설치했다. 이곳에서 나는 처음으로 장작에 불 지피는 법을 배웠는데, 목수가 만든 첫 번째 난로는 곳곳에서 연기가 수두룩하게 새어 나와 겨울철 작업실은 언제나 매캐한 연기로 가득 찼다.

이 시기는 목수뿐 아니라 나에게도 변화의 시기였다. 서울을 떠나 시골에 살기 위해 택했던 회사를 그만두고 기차로 통근하는 인근 사립 고교에 강사 자리를 구했기 때문이다. 일주일에 사흘 학교에 나가고 나머지 날에는 작업실에 들렀다. 아직 읍내의 연립주택에 살고 있던 때였다. 목수는 동이 트기 전 캄캄한 새벽에 출근했고 나는 점심시간 즈음 도시락을 싸서 버스를 탔다. 작업실 이전 후 곧 겨울이 닥쳐왔으므로 목수는 추위에 곱은 손을 입김으로 녹이며 종일 작업에 몰두했고 집에 돌아오면 꽁꽁 언 몸이 녹으면서 그야말로 나무토막처럼 이불 위에 쓰러지곤 했다.

그래도 신혼의 우리는 거칠고 빠듯한 생활의 틈바구니에서

짐을 나르며 목수가 웃었다.

작고 불편해도 우리에겐

고마운 작업실이었다.

실낱같은 행복을 찾아내며 좋아했다. 이사하는 날 찍은 사진 속에서 목수가 환하게 웃고 있다. 순순히 품을 벌려 우리를 맞아준 이 집은 여러 가지 악재 뒤에 찾아온 최초의 위안이었다. 우리가 가진 것은 시골에 빌린 작은 작업실, 그 하나뿐이었다. 그래도 작업실을 빌릴 수 있었으니 운이 나쁘진 않았다.

마을잔치로
문을 열다

논밭으로 둘러싸인 새 작업실 근처엔 밥 사 먹을 곳이 없어서 나는 목수를 위해 큰맘 먹고 제일 좋은 보온도시락을 샀다. 비슷한 종류의 다른 도시락보다 비쌌지만 그만큼 밥의 온기가 오래 간다고 했다.

뜨끈한 국물을 담은 도시락을 들고 버스에 오르면 차는 곧 읍내를 빠져나가 시골길을 달리기 시작한다. 소나무 숲으로 유명한 희리산을 먼 배경으로 지나면 처음 보는 사람은 바다인가 놀랄 정도로 넓은 저수지, 홍림지가 나온다. 물속에 뿌리를 박은 갯버들나무가 봄, 여름이면 낭창낭창 가지를 늘어뜨린 모습이 아름답지만 겨울에는 꽁꽁 얼어붙은 저수지 물과 함께 나무도 꼼짝없이 부동자세다. 여기서 멀지 않은 금강 하구를 찾아 지구의 북쪽 꼭대기에서 날아온 가창오리들만 흰 눈 쌓인 얼음장 위에 배를 깔고 느긋이 휴식을 취하고 있다.

시골길은 낯선 사람에게 자신의 지형지물을 잘 드러내지 않는 법. 이 정거장이나 다음 정거장이나 다 비슷비슷해 보인다. 내릴 곳을 못 알아보고 있다가 "앗, 죄송합니다! 여기서 내려주세요!"라고 외치며 가까스로 정거장에 안착하기를 몇 차례 거듭한

봄을 상상하는 힘으로

혹독한 겨울을

나야 할 때가 있었다.

그래도 어김없이 봄은 왔다.

뒤에야 비로소 '저수지 끝이 보이는 지점에서 마지막 급좌회전할 때' 종을 울려야 제대로 내릴 수 있다는 사실을 알아냈다.

정거장에서 작업실까지 들어오는 길은 도시 사람들이 시골이라는 말에서 연상하는 바로 그 정겨운 구불길이었다. 얼마 뒤 봄이 찾아왔을 때는 구성진 두견이 소리, 애틋한 호랑지빠귀 소리가 잡목 숲과 논 사이의 호젓한 길목에 운치를 더해준다는 사실을 알 수 있었지만, 겨울에는 아직 그런 낭만이 없었다. 대신 당당한 체구의 맹금류가 날개를 쭉 뻗어 차디찬 바람을 수평으로 타며 정지비행 하는 모습이 자주 보였다. "끼이—" 날카로운 부리를 가진 새의 소리가 바람결에 마모되어 부드럽게 귀에 닿았다. 칠팔 분쯤 그렇게 잰걸음으로 걸으면 저 멀리 목수의 모습이 보이기 시작한다. 운동 부족의 책상물림답게 나는 벌써 헉헉 숨을 몰아쉬고 있다. 목수가 손을 흔든다. 아, 다 왔다.

처마 끝 고드름 구경도 시들해질 때쯤, 봄이 왔다. 우리는 개업잔치를 열기로 하고 손님들을 초대했다. 지나가는 개 한 마리도 누구네 발바리인지 다 아는 작은 마을에 들어와 일하면서 정식으로 인사를 드리지 않는 것은 무례였다.

마을 분들은 서로가 대개 같은 집안이거나 친한 집안이거나 하여간 집안으로 얽혀 있는 사이였는데, 집주인은 비록 거주지는 읍이었지만 마을 내 주요 성씨의 일원이었고 작업실 인근에 친형

님도 한 분 살고 계셨다. 작업실 앞을 지나는 어른들께 모월 모일에 들러 약주 한잔하고 가시라고 청하고 이장님 댁은 직접 찾아가 정중히 모시는 말씀을 드렸다. 이장님 댁에서 작은 개울 다리를 하나 건너면 산너울 마을이었다. 주로 도시에서 내려온 분들이 정착해 새로 만든 마을인데 그곳에도 아는 분들이 몇 있었다. 목수의 친구들과 내가 다녔던 회사의 옛 동료들도 초대했다.

우리 부부가 원래 넉살이 좋다거나 수십 명의 손님 접대쯤이야 허허 웃으며 부담 없이 치러내는 걸쭉한 사람들인가 하면, 전혀 그렇지 않다. 목수는 친하지 않은 사람 앞에서는 말 한마디 먼저 꺼낼 줄 모르는 무뚝뚝한 숙맥이었고, 나는 시골 내려와 살며 익힌 자취용 찌개 한두 개가 할 줄 아는 음식의 전부인 요리 왕초보였다. 그래도 삼겹살에 바지락국, 김치에 한두 가지 반찬이 전부인 단출한 상이나마 물리도록 드시라며 양껏 준비했다.

차차 분위기가 무르익을 무렵, 막걸리 한잔 걸치신 마을 어르신이 목수 부부의 노래를 들어보자며 사색이 된 목수와 나를 잔치마당 한가운데에 세운 일 빼고는 모든 일이 순조로웠다. 어르신의 체면을 보아 노래의 운을 떼긴 했는데 두어 소절 만에 장내 분위기는 민망해지기 시작했다. 목수는 남들 앞에선 노래를 못 하는 대중적 음치였고, 나는 남이 있으나 없으나 노래를 못 하는 그냥 음치였다.

다행히 사회자 체질의 한 친구가 나서서 '모두 함께' 노래하

'양껏 드시라'고 했더니

모두들 정말 양껏 드셔서

읍내에 나가 고기를 더 사 왔다.

내가 먹은 것도 아닌데 배가 불렀다.

는 분위기로 잘 마무리해주었으니 결과적으로 다 잘 된 잔치였다. 남아 있던 얼마 안 되는 통장잔고는 쑥 줄어들었지만 대신 작업실에는 사람들의 밝은 기운이 넘쳤다.

그리고 곧 결혼 일주년이었다. 일 년 만에 십 년을 산 기분이었다. 서로를 의지하며 어려운 시기를 넘겨야 했기 때문에 우리는 걱정과 푸념, 지난 실수와 미래의 계획을 늘어놓으며 묵은 빨래 꺼내 널듯 속마음을 털어놓았다.

전에는 몰랐던 목수로서의 남편 모습도 알게 되었다. 그는 내일을 위해 현재를 유보하는 사업가의 삶에 회의를 느꼈다. 연장을 손에 잡고 땀 흘리며 몰두하는 진짜 목수로 살고 싶어 했다. 그러나 무엇을 만들어 누구에게 팔 것인가? 앞이 잘 보이지 않았다.

그래도 두려움보다 즐거움이 더 컸던 것은 만드는 일 자체가 가져다준 기쁨 때문이었을 것이다. 가구든 필요한 물건이든 손수 땀 흘려 만들면서 목수는 만족했다. 나는 필요한 것은 무엇이든 상점에서 구입하고 좀 낡으면 버리고 새로 사는 도시의 습관에 젖어 있었다. 손수 무언가 만들어 쓰는 기쁨과 만족이라니. 처음이었다. 낯설고 신기했지만 어쩐지 나쁘게 들리지는 않았다.

처음 보는
이런 의자

목수가 처음으로 만든 의자는 당시의 그가 어떤 식으로 나무를 다루는 사람이었는지 분명히 보여준 '사건'이었다. 그 의자는 매화, 살구, 참죽, 그리고 아카시아 나무로 만든 것이었다. 돈을 주고 산 나무는 없었다. 밭에 그늘을 지우니, 쓸데없이 장독만 가리니, 손 가는 게 귀찮으니 베어 가라고 마을 어르신들이 내어준 나무들이었다.

일부러 의자 모양을 내려고 다듬은 부분도 없었다. 의자 폭을 맞추기 위해 길이를 똑같이 자른 것 외에는 원래의 나무 모양 그대로였는데 서로 다른 여러 가지 나무들의 조합이 신기하게도 '의자'라는 공통항으로 완성되어 있었다. 그 모습만 봐서는 마치 누군가 일부러 의자가 될 성싶은 모양으로 나무를 길러놓은 것만 같았다. 좌석도 기둥도 구불구불한 나무 모양 그대로 굴곡이 균일하지 않기 때문에 껍질을 벗기거나 표면을 다듬는 일 따위는 모두 손으로 할 수밖에 없었으리라 짐작이 갔다.

만든 방법은 못을 쓰지 않고 짜맞춘 것이었다. 접합부의 한쪽은 움푹 패게, 반대쪽은 튀어나오게 깎아 꼭 끼워 넣는 장부맞춤을 만든 다음 중간에 쐐기를 박아 한 번 더 고정했다. 이러한 일

1   쐐기 부분. 건조가 덜 돼 갈라진 나무.

2   달콤한 수액 때문인지 과실나무엔 벌레구멍이 촘촘했다.

3   구부러진 나무는 등받이로.

4   다섯 쪽의 등걸과 나뭇가지로 만든 의자.

련의 과정을 거쳐, 얼마 전까지 어느 집 마당에 서 있던 과실나무들이 지금 하나의 의자가 되어 작업실 마루에 놓여 있었다. 나는 궁금했다. 목수는 정식으로 목공을 배운 적이 없고 이력으로 보자면 미술을 전공한 게 전부인데, 어떻게 이런 의자를 만들 수 있었을까?

목수는 두 가지 대답을 들려주었다. 하나는 의자의 모양에 관해, 또 하나는 만드는 기술에 관해서였다. 모양에 관한 설명은 간단했다.

"가져온 나무들을 보고 의자가 될 거라고 생각했어."

그에 따르면 나무는 앞으로 만들어질 물건의 모습을 안에 가지고 있다고 했다. 의자가 만들어지는 과정에서 자신의 역할은 숨어 있는 모습을 찾아 드러내주는 것이라고 했다. 정말 별일 아니라는 듯이 말했기 때문에 나는 의아한 마음으로 생각에 잠겼다. 우리의 대화는 살짝 열어둔 화장실 문을 사이에 두고 이루어지고 있었다. 아침마다 변기에 앉아 시간을 보내는 목수의 습관때문에 매일 우리의 첫 대화는 이런 식이었다.

"하지만 물건을 만들기에 적당한 각도로 꺾이고 휘어진 나무가 언제나 그렇게 많은 건 아니잖아? 당신 식대로 하면 물건 하나 만들기가 힘들겠는걸?"

나는 아름드리나무가 하늘을 향해 쭉 뻗어 올라간, 소설 속에서 읽어본 듯한 숲의 모습을 상상하고 있었다. 목수는 새로운 사실을 알려주었다.

"그게, 보통 숲에는 곧은 나무보다 휘어진 나무가 훨씬 많아. 곧은 나무 찾는 게 더 어려울걸. 구불구불한 것도 있고 활처럼 휜 것도 있고 가지가 다리 모양으로 갈라져 난 것도 있어. 나무마다 모양이 다 다르다고. 처음 보는 순간 '이건 의자다' 확신이 들기도 하고 한참 묵힌 뒤에 문득 떠오를 때도 있어. 그러니까 갖가지 모양의 나무를 평소에 많이 모아두는 게 중요하지. 용도에 맞는 나무를 찾는다기보다 나무에 맞는 용도가 떠오른다고 하는 편이 맞겠네. 네모반듯하게 가공된 건재도 필요할 땐 쓰지만 재미는 없지."

"그럼 장부 파기나 쐐기 쓰는 법 같은 건 어떻게 알았어?"

이번엔 대답이 더 짧았다.

"그냥, 옛날 물건 보면서."

미심쩍은 눈초리를 보내자 그제야 설명이 이어졌다. 목수는 정말 시골 사내다운 면이 있어서 꼬치꼬치 묻지 않으면 자세한 이야기를 들려주지 않는다.

"하긴 그 의자는 쐐기에 신경을 많이 쓰긴 했지. 솥뚜껑에 들어가는 쐐기를 막 완성한 뒤에 비슷하게 만들었거든. 일전에 동네 형님이 나무로 솥뚜껑을 만들어달라고 찾아왔어. 마을에서 심은 콩으로 두부를 만들어 팔 건데 어렸을 적에 어머니가 쓰시던 것처럼 못 없이 나무로만 만든 솥뚜껑이 필요하다는 거야. 못이나 철로 된 부속이 하나도 없이 나무로만 된 솥뚜껑을 써야 시골 두부 맛이 나는데 요즘은 그런 걸 구하기가 힘들다나. 그래서 알겠다고 했는데 막상 해보니까 순전히 나무로만 솥뚜껑을 만드는 게 쉬운 일이 아니었어. 아무리 끼워 맞춰도 튼튼하게 안 돼. 그러다 골동품 가게에 들렀는데 오래된 나무 솥뚜껑이 있더라고. 끼워 맞춘 모양을 잘 봤지. 그리고 얼마 뒤 어디 지나는 길에 빈집이 있기에 구경 삼아 들어갔다가 거기에서 부서진 솥뚜껑을 본 거야. 부서진 틈으로 안을 들여다보고 쐐기 모양을 완성할 수 있었어."

목수는 변기에 앉은 채로 종이와 펜을 청해서 쐐기의 모양을 그려주었다.

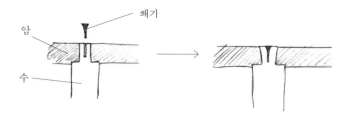

쐐기 박기 전

과연 들어갈까? 틈이 아주 좁다.

쐐기 박은 후

부채꼴 쐐기가 틈바구니를 밀고 들어갔다. 단단한 장부의 완성.

"자, 이렇게 암(움푹 파인 나무), 수(돌출된 나무)를 맞추고, 여기 튀어나온 부위에 쐐기를 박는데 이때 쐐기 모양은 수놈과 닿는 부분이 완만한 부채꼴이야. 아주 느린 곡선. 이걸 나무망치로 두들겨 넣으려면 암, 수 나무보다 쐐기 나무가 강도가 더 높아야 하겠지. 그래야 무른 나무를 누르고 밀면서 쐐기가 들어가거든. 아주 약간의 틈에 쐐기를 밀어 넣기 때문에 결구가 꽉 죄면서 단단해지는 거야. 마지막으로 완성된 모습을 보면 위, 아래 나무 색깔이 다르지. 위쪽은 쐐기 나무만 보이고, 아래쪽은 원래의 나무와 쐐기가 섞여서 보이잖아. 그것도 원래의 나무는 조금밖에 보이지 않아. 골동품 가게에서 바로 이 모양을 본 거야. 그리고 빈집에서 부서진 솥뚜껑에 들어 있는 쐐기를 보고 곡선을 줘야 한다는 걸 알았지."

장부 맞추는 방법은 대학시절 아파트 단지에 살 때 이사철마다 버려지는 낡은 고가구를 주워 보며 알았다고 했다. 한 번 보고 직접 만들어본 다음 책을 찾아가면서 점차 여러 가지 짜임법을 익혀갔다.

빈집에 들어가 쐐기 모양을 배웠다는 대목에서 나는 다시 생각에 잠겼다. 시골마을이라면 어디나 외딴 곳의 빈집 한두 채는 있게 마련인데 그런 곳에 들어가 요행히 부패를 면한 나무 등걸을 주워 오거나 부서진 옛날 살림살이를 쳐다보는 것이 목수의 낙이었다. 몰고 가던 차를 문득 세우고는 무성한 칡넝쿨이며 환삼덩굴을 낫으로 쳐내가며(낫과 톱은 짐칸에 상비되어 있었다) 귀신 나올 것 같은 폐가에 자청해 들어가는 그의 유별난 취미는 잘 알고 있었다. 조수석에 앉아 한참 기다려도 나오지 않으면 결국 나도 차에서 내려 폐가의 덤불 위로 머리가 보였다 사라졌다 하는 남편의 거동을 멀거니 바라보곤 했으니까. 쐐기 모양 같은 걸 자습하는 중인 줄은 몰랐지만.

그는 사람을 선생으로 두지 않는 부류의 목수였다. 그가 얻는 가르침은 나무와 실제의 물건으로부터 왔다. 책은 참고사항이었다. 그래서 얻는 것도 있고 잃는 것도 있었지만, 첫 번째 의자를 만들던 시절에는 그가 모르는 것이 더 많았다. 얼마 지나지 않아 의자에 쓰인 매화와 살구나무가 터서 갈라지기 시작했다. 직접 만든 사람이 쓰기에는 문제가 없었지만 돈 받고 파는 물건이었다면 낯 뜨거울 일이었다.

"흠, 건조가 중요하군."

중얼거리는 그를 보고 나는 실소했다. 이봐, 어느 목공 책이라도 첫 장에 다 나올 만한 내용이라고! 아무튼 목수는 아무리 머리로 안다 해도 결국은 몸과 손으로 직접 겪어봐야 비로소 실행에 옮기는 사람이었다. 생기가 도는 눈으로 요모조모 의자를 살피더니 '역시 결구법(짜임)이 중요하다'고 덧붙였다. 이 정도 수축이라면 나무가 뒤틀리면서 의자가 망가져야 하는데 결구로 꽉 짜여 있기 때문에 의자 모양엔 변함이 없고 대신 중간의 결이 찢어져버렸다는 얘기였다.

"접합 부위에서 나무가 뒤틀리며 서로 더 꽉 맞물렸기 때문에 내구성은 훨씬 좋아졌을 거야."

"그래? 그럼 내구성만 좋다면 찢어진 나무로 만든 의자도 상관없다는 고객을 찾아봐야겠군."

농담이었지만 마음 한편에 정말 그러면 안 되는 걸까 하는 여운이 남았다. 목재 건조와 같은 기본적인 조건이야 목수가 미리 준비를 마쳐야 하겠지만, 미처 예상하지 못한 문제라든가 쓰다가 어딘가 불편해지는 경우라면 찾아가 고쳐주면 될 텐데. 가구가 팔고 나면 그만인 상품이 아니라 만든 사람과 쓰는 사람이 주고받는 삶의 기록 같은 것이라면 좋겠다는 생각이 들었다. 나는 그런 식으로 시간과 성의를 들인 물건을 가져본 적이 없었다. 그 사실을 목수의 의자를 보며 처음으로 깨달았다.

상추나무 한번
대단하구먼!

목수가 그간 목말랐던 혼자만의 나무 작업에 빠져 지내는 동안 나도 새로운 세계를 발견했다. 작업실 울안의 남는 땅에 텃밭을 만들기로 한 것이다. 소규모의 부담 없는 노작을 텃밭 가꾸기라 하지만, 내가 할당받은 땅은 그나마 텃밭이라는 이름마저 아까울 정도로 작았다. 신문지 서너 장이면 다 가리고도 남았다. 사이사이 씨앗 심고 풀 뽑을 고랑 한두 개 그으면 그만일 쪽밭이었지만, 태어나서 처음으로 나만의 밭을 가진다는 사실에 도취된 나는 그동안 들은 풍월을 모조리 실행에 옮기고 싶었다.

그래서 만든 것이 '열쇠고리 밭'으로 된 '먹는 화단'이었다. 퍼머컬처(Permaculture, 호주의 생태학자 빌 몰리슨Bill Mollison이 정리한 지속 가능한 토지 이용 방법) 책에 소개된 내용을 따라 한 것이었다. '열쇠고리 밭'이란, 일반적인 사각형 대신 원형으로 땅을 일구고 가운데에 열쇠고리 모양으로 드나드는 길을 내면 관리 동선이 짧아지고 최대의 면적을 이용할 수 있으며 보기에도 아름답다는 주장을 담고 있었다. 또 밭이라고 해서 반드시 푸른 채소만 심심하게 기를 필요는 없으니 채소와 원예작물을 함께 길러 해충도 억제하고 심미적인 만족도 누리자는 것이 '먹는 화단'을 권하는 논리였다. 모두 내 마음에 쏙 드는 아이디어였다.

문제는 내가 경작할 밭이 정말로 작은 땅뙈기에 불과하다는 점이었다. 굳이 열쇠고리 모양의 고랑을 내지 않더라도 동선은 이미 충분히 짧았다. 좁은 땅 한복판에 드나드는 길을 만들자 작물을 심을 면적이 그만큼 줄어들어 오히려 손해라는 사실을 밭 일구기가 끝나갈 무렵 직감했지만 이미 끝낸 호미질이 아까워서 그냥 두기로 했다.

그나마 '먹는 화단' 쪽은 보기 좋은 밭을 가꾸는 데 도움이 되었다. 그러나 밭이 사람의 눈을 즐겁게 하려면 꽃을 심는 일보다 잡초, 즉 원하지 않는 풀을 제거하는 활동이 더 중요했다. 풀 뽑는 작업 없이 한가한 봄날을 보내고 난 6월의 어느 날, 일주일 만에 찾아간 작업실에서 이 사실을 분명히 알 수 있었다. 소중한 나의 밭은 무성한 잡초에 가려 사라질 위기에 처해 있었다.

이미 단단하게 뿌리를 내린 억센 풀포기들을 호미로 찍어 내리며 나는 상심과 짜증과 적당한 육체노동에서 오는 상쾌함이 버무려진 낯선 기분을 느꼈다. 당혹스러웠다. 자연이 좋다며 도시를 떠나온 지 몇 해째인가. 몇 년을 촌에 살면서도 '잡초는 아름답다'는 원론적 선언 외에 땅에 대해 실제로 아는 것이 없었다. 도시에서 생긴 일중독 습관이 남아 있던 나는 누가 시키지도 않은 야근을 자청했고 사무실이 논밭 한가운데 있어도 점심시간을 빼고는 밖에 나갈 짬도 없이 일만 했다. 대신 생태적이고 대안적인 삶의 방식에 대해 내가 읽은 책과 검색한 자료의 양만은 적지 않았다. 하지만 어디서부터 어떻게 적용해야 하는지 모르는 마당에 머리로 배운 자료들은 소용이 없었다.

작업실 흙바닥의 풀은 종류도 가지가지였다. 아주 억세게 생겨서 각오를 단단히 하고 달려들었는데 막상 손을 대면 우습게 쑥 뽑히는 풀도 있고, 바닥에 바싹 붙은 모양이 별것 아닌 듯해도 캐보면 사방으로 뻗은 질긴 잔뿌리 때문에 한참 용을 써야 겨우 포기째 들어낼 수 있는 것도 있었다. 처음엔 눈에 잘 보이지 않았지만 막상 호미를 들고 달라붙자 여기저기 캐낼 풀들이 모습을 드러냈다. 작업실에 가끔 들르는 동네 어르신들이 "마당에 풀 좀 보게" 할 때는 우리 마당에 무슨 풀이 있나 싶었는데 호미 잡고 쪼그려 앉아보니 정말 풀투성이였다. 아무리 잡초와 들풀을 옹호하는 사람이라도 깨끗하게 정돈된 시골집 안마당에 들어서면 편안함을 느끼게 마련인데 그 편안함은 바로 부지런한 제초 작업의 결과물이었던 것이다.

"무슨 풀을 그렇게나 매. 쉬어가면서 해."

목수의 말에 나는 한참 만에 고개를 들었다. 시뻘겋게 달아오른 얼굴에서 땀방울이 뚝뚝 떨어졌다.

필요 없는 풀을 다 걷어내자 밭이 다시 모습을 드러냈다. 채소와 꽃이 뒤섞여 있었다. 상추, 파, 쑥갓 두어 줄기와 가지 세 포기, 이제 막 싹을 틔운 수세미 정도가 식용이었고 나머지는 가르

치러 다니는 학교의 농업 선생님이 선물로 주신 디기탈리스와 꽃 몇 가지, 아는 분에게서 얻어온 몇 종류의 야생화와 허브였다. 채소와 상생하는 원예작물이라기보다 되는대로 얻어다 심은 것뿐이었다.

타샤 튜더의 정원 사진에서 익히 보았던 아름다운 꽃 디기탈리스(폭스글로브)는 늦여름 태풍에 쓰러져 뒤늦게 지주를 대보았지만 소용없었다. 야생화는 몇 번이나 옮겨 심어도 잘 자라기에 마음 놓고 심심할 때마다 여기저기 자리를 옮겼는데 어느 날 보니 거의 죽어버리고 없었다. 파는 너무 일찍 꽃대가 올라서 한 번도 못 먹고 그대로 관상용이 되었고, 가지는 거름이 부족해서인지 어쩐지 나로서는 알 수 없는 이유로 비실거렸다. 순전히 기르기 쉽다는 권유로 선택한 작물이었는데 나도 목수도 특별히 좋아하는 가지 요리가 없었기 때문에 굳이 원인을 분석해서 수확량을 늘려보려는 수고를 하지 않았다. 채소를 정말로 잘 기르려면 수확물을 마음껏 요리에 이용하고 싶은 순수한 욕구, 그 잎이나 열매를 사용하는 맛있는 조리법이 있어야 한다는 사실을 그때는 몰랐다.

그해에 쏟아 부은 노고의 유일한 위안은 상추와 수세미였다. 한여름에 피어오르는 지열을 식히기 위해 목수가 수시로 마당에 물을 뿌리면서 상추밭도 그 덕을 본데다, 지나가던 어르신이 "상추는 밑에서부터 자꾸 따줘야 해"라고 한 말씀 하신 것이 텃밭의

이 작은 밭에

열쇠고리 모양의 동선이

웬 말인가.

유일한 지침이 되어 부지런히 잎을 따준 결과 상추는 늦가을까지도 꽃대가 올라오지 않고 줄기가 점차 튼실해졌다. 곧게 뻗어 올라간 줄기의 윗부분만 싱싱한 잎이 달린 모양이 마치 야자나무를 연상하게끔 되자 작업실에 들른 사람들은 놀림과 감탄이 섞인 찬사를 보냈다.

"상추나무 한번 대단하구먼!"

한편 담벼락을 타고 대문 위까지 덩굴을 뻗어 올린 수세미는 여름내 시원한 노란 꽃을 피워낸 끝에 주렁주렁 탐스런 열매를 매달아 오가는 사람들에게 보는 즐거움을 주었다. 가을이 되자 나는 다 커버린 수세미를 따서 뒤늦게 효소를 담근다며 책을 뒤적거렸고 마을 분들이 수세미 섬유와 씨앗을 얻으러 오셨을 때 기쁘게 나눠드렸다.

이후로 우리 살림도 텃밭 딸린 시골집으로 옮기면서 채소 길러 먹는 정도의 노작은 평범한 일상이 되었다. 매해 비슷한 작물을 키우다보니 때맞춰 거름 주고 순 따고 지주 세우는 일이 몸에 익어갔다. 그렇지만 열쇠고리 모양의 밭은 더 이상 만들지 않았다. 그만큼 동선을 절약해야 할 넓은 밭도 없었지만 해보니 줄이랑 쪽이 나는 더 편했다.

무엇이든 책으로 배우는 책상물림의 습관은 어려서부터 익힌 것이라 쉽사리 변하지 않아 그 후로도 텃밭과 흙, 정원에 관한 책을 틈틈이 사 보았지만, 매일 밭에 나가 시간을 보내지 않는다

초콜릿 향의 헬리오트로프와 대파,

나무가 된 상추.

몰랐기 때문에 행복했다.

면 책 속의 지식도 쓸모가 없다는 사실은 언제부터인가 저절로 알게 되었다.

그래도 나의 첫 화단이자 텃밭이 가진 무시 못 할 장점이 하나 있었다. 작았기 때문에, 몰랐기 때문에 가꾸는 부담이 전혀 없었다는 점이다. 풀 천지가 되어도 열매가 적어도 행복했다. 흙 속에 씨앗을 넣어두면 저절로 싹이 트고 하룻밤 내린 비에 몰라보게 자라나는 생명력이 놀라웠고 깔아놓은 볏짚 틈바구니와 잎사귀에 붙어 먹이를 찾고 짝짓기를 하며 한철을 보내는 곤충들의 생활이 신기했다. 나는 땅을 좋아하게 되었고 꽃과 채소를 가꾸는 일에서 재미를 발견했다.

이웃,
받아들여진다는 것

그는 우리 이웃이었다. 어느 날 작업실에 들른 그가 말했다.

"이 집은 내가 지었어. 댁네에 집 빌려준 이, 그이가 내 막내 동생이야. 집 지을 적에 형님들하고 내가 아버지를 도왔고 동생은 어려서 아무것도 몰랐지. 기둥 세우고 벽 바르고 지붕 얹는 거, 내가 다 했어. 마루도 내고. 여기서 살다가 새집 짓고 나갔지. 지금 봐도 잘 지은 집이야."

사실 나는 그의 말을 잘 알아듣지 못했다. 그는 한쪽이 새고 다른 쪽은 일그러지는 불분명한 발음을 가졌고 나는 표준어를 사용하는 건강한 젊은이들의 발음에만 익숙한 불량한 귀를 가졌기 때문이었다.

집주인의 형님은 초로의 농부로 건강이 좋지 않았다. 좀 마르기는 했지만 고된 노동으로 보낸 평생을 증명하듯 두꺼운 뼈마디에 강단 있는 체구였다. 그러나 우리가 그를 알게 된 즈음에는 직접 만든 생나무 지팡이에 몸을 의지하지 않고는 걸음을 떼기가 어려울 정도로 기력이 떨어져 있었고 그나마 늘 휘청거리며 발을 내딛는 모습이 아슬아슬했다. 시골에서 최고의 출셋길로

치는 지역 공무원으로 탄탄대로를 걸어온 '막내 동생'과는 사뭇 다른 모습이었다. 그는 말없이 작업실 대문을 들어선 뒤 쪽마루 한쪽에 걸터앉아서는 목수가 일하는 모습을 한참 들여다보다 가곤 했다.

사나흘에 한 번씩은 어김없이 작업실 앞을 지나는 그를 만날 수 있었다. 돌아오는 길에는 언제나 검은 봉지가 손에 들려 있었는데 마을 입구의 구멍가게에서 받아온 소주였다. 동네 사람들은 그가 술을 너무 많이 마신다고 걱정했지만, 그는 사람들의 친절한 잔소리에서 '잔소리'보다도 '친절'의 뉘앙스를 더 많이 발견하는 호인이었다. 한소리 들을 때마다 이빨을 훤히 드러내고 웃으며 중얼중얼 '괜찮다'는 표시를 해 보였다.

그의 단골 구멍가게는 마을의 유일한 상점이었다. 예전에는 갖가지 물건을 가져다 팔았는지 여느 가게와 마찬가지로 여러 칸의 선반이 벽에 걸려 있었지만 지금 그 선반들은 거의 비어 있었다. 칠순의 여주인이 전용으로 사용하는 이 빠진 파리채라든가 오래되어 빛바랜 신문지 따위가 놓여 있을 뿐이었다. 이곳에서 취급하는 유일한 상품은 소주, 막걸리, 그리고 약간의 맥주였다. 고된 농사일에 쑤셔오는 늙은 농부들의 뼈마디를 위로해줄 알코올. 술이 몸에 받지 않아 아예 입에 대지 못하는 예외적인 경우를 제하면 노년의 농부는 대개 술고래라 해도 과언이 아니었다. 주사라곤 모르는 점잖은 취객일지라도 마시는 양을 보면 어쨌거나 대단하기 때문이었다.

　작업실을 내 집처럼 드나드는 이웃은 한 사람 더 있었다. 작업실에서 가장 가까운 집에 사는 아주머니. 그이는 바보였다. 내가 이렇게 말하면 목수는 어쩐지 못마땅한 표정으로 아주머니에게 미안하니 그렇게 부르지 말라고 했지만 달리 표현할 말이 없었다. 나는 아주머니가 바보라고 해서 무시하거나 싫어하는 마음이 들지는 않았다.

　원래 아주머니는 작업실로 들어오는 굽이진 마을길에 앉아 시간을 보냈다. 눈을 부릅뜨고 위협하는 표정을 지으며 지나가는 차에 주먹질을 해대기 위해서였다. 그러다 간간이 작업실에 들러 역시 무섭게 을러대는 시늉을 했는데, 아주머니가 찾아오면 우리는 난롯불에 방금 구운 고구마를 건넸다. 그러면 방금까지 주먹을 쥐고 흔들던 아주머니가 아무렇지 않게 고구마를 받아서는 맛있게 먹는 것이었다.

　그러다 차차 우리와 친해져서 작업실을 향해 걸어오는 나를 발견하면 손을 들어 인사를 하곤 했다. 요란하게 손을 흔들거나 하는 일은 없었다. 손바닥을 쫙 펴고 한 번 들어주는 게 다였다. 다른 차들은 지나가며 어김없이 주먹세례를 받았지만 목수의 차는 손바닥 인사를 받았다. 나는 그게 고마웠다. 어찌 되었든 우리는 뜨내기였고, 즐겁지만 불안하기도 한 새로운 생활에 뛰어든

어리숙한 신참이었기 때문이다.

대대로 한 마을에 살아오며 자신의 존재 자체가 삶의 정당성이 되는 씨족사회의 울타리, 혹은 망하지 않을 탄탄한 사업체에 귀속되어 또박또박 월급 받으며 안정적인 생을 꾸려 가리라는 중산층의 꿈, 그 모두의 바깥에 우리는 있었다. 아무리 작은 것이라도 사심 없이 나누기만 하면 무기를 내리고 따뜻하게 받아들여주겠다는 아주머니의 신호는 호된 세파를 피할 길 없이 외롭게 선 우리를 위로해주었다. 대화가 되는 경우는 거의 없었지만(아주머니는 말을 잘 하지 못했다), 볕 좋은 오후면 나는 아주머니와 나란히 쪽마루에 앉아 시간을 보내곤 했다.

집 얘기를 들려주던 농부의 시선이 내 목에 걸린 사진기에 멈췄다.

"아, 작업실 사진을 찍으려고 갖고 왔어요. 기념으로요."

그는 웅얼웅얼 무슨 말을 했다. 몇 번 만에야 알아들었다.

"사진 찍어달라고요?"

그는 고개를 끄덕였다. 그러더니 내 대답은 기다리지도 않고 대문간으로 휘청휘청 자리를 옮겼다.

"집이 잘 나오게."

거의 처음으로 분명히 알아들은 말이었다. 그는 여러 번 그 말을 강조했다. 집이 다 나와야 한다고.

"네, 알겠어요. 집이 아주 잘 나와요. 웃으세요, 김치."

　　나중에 목수에게 들은 말로는 그 집은 터가 세서 사람이 오래 못 살 자리라고 했다. 인근 사람들이 한산, 그러니까 한산모시의 산지로 유명하고 예전부터 큰 장이 섰던 한산 고을로 가기 위해서 그 집 앞을 지나 고개를 넘는 지름길로 많이 다녔단다. 터벅터벅 고갯길로 이동하던 그 시절의 집터에는 번성한 주막이 자리 잡고 있었는데 그런 곳은 대개 기가 세다는 것이었다.

　　밤늦게 혼자 작업에 몰두하다보면 깊은 소나무 숲과 면한 집 뒤꼍에 사람 지나다니는 기척이 난다는 둥, 마당에 하얀 것이 휙 지나가기에 고개를 들어보면 아무도 없다는 둥 도무지 농담인지 진담인지 모를 소리를 목수는 태연한 얼굴로 했다. 아무튼 그래서 집주인 가족도 공들여 지은 집을 버리고 근처의 다른 땅을 구해 살게 되었으리라는 추측이었다.

　　집주인의 형님은 그 뒤 얼마 안 돼 돌아가셨다. 사진을 뽑으면 꼭 한 장 달라고 하셨는데 디지털카메라로 찍은 사진의 출력을 미루고 미루다 결국 건네드리지 못했다. 바보 아주머니도 건강이 안 좋은지 차츰 모습을 보이는 일이 뜸해지더니 도시에서 카센터를 하는 딸이 모시고 갔다는 말이 들렸다.

　　이웃이 있어서 좋은 시절이었다. 술고래에 바보가 뭐 대단한

이웃들이 작업실 앞을 지나다녔다.

몸뻬를 입고, 소주 봉지를 들고, 염소를 몰고.

이웃이냐고 할지도 모른다. 하지만 가진 게 별로 없다는 점에서 우리는 다 비슷했다. 흙을 만지고 생명을 돌보는 농부가 지친 몸과 마음을 알코올에 의존할 수밖에 없는 현실, 희박한 밀도의 인구분포 가운데 그나마 늙고 병들고 온전하지 못한 이들이 다수 포함되어 있는 농촌의 현실은 곧 우리가 택한 삶의 터전의 현실이었다. 우리는 똑똑한 사람들을 상대로 더 똑똑해져야 하는 경쟁에서 벗어나 때로 어딘가 부족한 사람들을 상대로 더 바보 같아져야 했다. 더 많이 웃고, 있는 그대로의 모습을 더 많이 받아들이면서.

자신에게 신기가 있다는 목수의 말이 사실인지 어쩐지는 몰라도 터의 거센 기운을 잘 누르고 목수의 작업실은 점차 자리를 잡아갔다. 살림의 여유가 있는 또 다른 이웃들이 찾아와 목수에게 가구를 주문하기 시작했다.

사십오만 삼천 원의
희망

453,000₩.

목수가 처음 주문받은 가구에 매긴 값이었다. 사십오만 삼천 원. 얼마 전 오래된 컴퓨터 파일을 정리하다 어설픈 양식의 그 견적서를 발견하고 나는 잠시 갸우뚱했다. 사십오만 원이면 오만 원이지 삼천 원은 또 뭐야? 그리고 잠시 후, 아하.

공임   100,000원×3일＝300,000원

재료비   153,000원

합계   453,000원

어찌나 알뜰한 견적이었던지 재료비 삼천 원까지 곧이곧대로 계산해 받았던 것이다. 지금도 그렇긴 하지만 첫 주문에서 목수는 더욱이나 아무것도 감추지 않았다. 그럴 필요를 못 느꼈을 것이다. 새 작업실을 얻고 얼마 뒤 들어온 주문은 목수에겐 희망의 동아줄이었다. 과연 가구를 팔아서 먹고살 수 있을까 내심 불안할 수밖에 없었던 우리 부부에겐 주문이 들어왔다는 사실만으로도 경사였다. 그 귀한 동아줄을 내려준 하느님 같은 고객에게 무얼 감추고 말고 한단 말인가.

주문하신 분이 필요한 것은 오디오장이었다. 수학 선생님이셨는데, 몇 개의 직사각형과 정사각형이 그려진 종이를 건네주셨다. 선마다 치수가 표시돼 있었다. 목수는 종이 위의 그림을 디자인으로 받아들이고 정확한 사각형 그대로 만들어드렸다. 목수 맘대로 바꾼 것이라곤 스피커 위치의 모시 커버뿐이었다. 먼지는 여과하고 소리는 통과시킬 수 있는 소재로 모시를 고른 것이다. 모시의 고장 서천에 작업실이 있었기 때문에 어쩌면 자연스러운 발상이었다. 나중에 수학 선생님이 웃으셨다.

"오디오장을 한참 쓰다보니, 내가 그려드린 그대로 만드셨더라고요. 난 그냥 치수 표시하느라 대충 그렸던 건데."

우습기도 하고 기막히기도 해서 다들 너털웃음을 터뜨릴 수밖에. 하여간 목수의 첫 작품에는 스타일이라든지 목수의 성향이라든지 하는 것이 들어갈 여지가 많지 않았다. 목재도 별다른 것 없이, 목수로서는 드물게 건재상에서 구입한 수입 소나무를 가구에 썼다. 당시에는 모아둔 우리 나무도 많지 않았고, 좋은 나무를 살 돈도 없었기 때문이었다. 그런데도 수학 선생님과 부군이신 사회 선생님은 진심으로 '좋다'고 해주셨다. 그리고 오디오장에 이어 복도에 놓을 수납장과 거울, 이불장으로 쓸 벽장을 주문하셨다. 가격을 내는 계산법은 똑같았다. 하루 십만 원의 인건비, 그리고 재료비.

가구가 다 들어간 뒤에 선생님 댁으로부터 이메일을 한 통 받았다. 가구를 집에 들인 감회와 기쁨이 담겨 있는 편지였다. 편지를 읽고 목수는 말을 잇지 못했다. 나는 울었다. 돌이켜보건대 우리는 그때, 많은 목수가 꿈꾸지만 현실에서는 생각만큼 흔히 만나기 어려운 경험을 하고 있었다. 목수는 선생님 부부와 '함께' 가구를 만들었다. 작업실에서 연장을 잡은 것은 목수였지만 그 것을 완성시킨 것은 두 분 선생님이었다.

미송으로 만든 그 가구가 비록 자재는 격에 못 미칠망정 쓰인 기술만큼은 얼마간 성취도가 있는, 가구로서 나무랄 데 없는 모습이었다면 우리가 받은 감동이 조금은 덜했을지도 모른다. 당연한 결과쯤으로 생각했을 수도 있다. 그러나 사실은 그렇지 않았다. 목수가 값을 매겨 만든 최초의 가구는 부단한 노력, 열정, 진실한 마음의 산물이었음에도 불구하고 그 가장자리에는 채 다 듬어지지 않은 대패 자국과 암수 장부 사이 1밀리미터의 틈 같은 미숙함이 숨길 수 없는 실밥처럼 묻어 있었다.

미려한 제작기법 같은 것을 어디서 얻어들을 짬밥이 아직 아니었던 목수는 그 시점에서 자기가 아는 최선의 방법으로 가구를 짰다. 읍내 철물점에 나가 양날톱을 사서 면을 자르고 장부를 팠다. 그 외에 사용한 도구는 끌과 대패였다. 움푹 파인 곳엔 끌, 돌출된 면엔 대패, 그것뿐이었다. 목재에 대고 그리는 정확한 본도 몰랐다. 대패에 주어지는 힘이 조금이라도 세지면 그만큼 면

사람들은 이 오디오장을 좋아했다.

주인장의 마음 때문일까?

이 기울어졌고 머리카락 몇 올만큼 톱이 미끄러지면 꼭 그만한 틈이 생겼다. 부족한 기술을 보완해줄 도구와 기계의 도움이 있었다면 결과가 좀 더 나았을지 모르지만 그때는 정보도 돈도 목수의 수중에 없었다.

"세상에 하나뿐인 가구가 이렇게 서 있으니 집이 달라 보입니다. 목수의 손길이 하나하나 담겼다고 생각하니 참 좋습니다."

그 가구 앞에서 이 말을 들었을 때. 미세한 샌딩(표면 갈아내기)이나 오일 마감 같은 것도 할 줄 몰라서 대패질한 나무 그대로 드렸는데 얼마 뒤 가보니 정성스럽게 현미유 마감이 되어 있었을 때.

그분들이라고 가구의 허술한 틈, 목수의 채 영글지 않은 손끝을 알아채지 못했겠는가. 그럼에도 불구하고 주인장 부부는 진심으로 가구를 환영하고 집의 한 부분으로 받아들여주셨다. 만든 것은 목수지만 완성한 것은 주인장이었다. 그렇게 생각하는 수밖에 다른 도리가 없었다.

그리고 이 오디오장을 보고 잇달아 주문이 들어오기 시작했다. 사람들은 한참 부족한 이 오디오장을 좋아했다. 따뜻해 보인다고 했다. 보고 있으면 마음이 편해진다고도 했다. 논리적인 설명이 어떻게 가능할지 모르겠지만 가구가 사람의 마음을 담는다는 것은 사실이다.

첫 가구의 견적서에 올린 것은 사십오만 삼천 원이었지만, 목수가 받은 것은 어려울 때마다 버티고 이겨내 언젠가는 지금보다 더 나은 목수가 될 수 있기를 희망할 힘이었다. 하느님은 남편이 목수가 되기를 원하시는 게 분명했다. 그래서 목수의 첫 고객으로 두 분을 보내주셨던 것이다.

목수는 베기 위해 숲으로 간다

작업실이 자리를 잡으며 목수는 소원대로 나무를 다루는 사람이 되어갔다. 처음에 나는 종일 나무와 씨름하는 목수의 일이 피톤치드 가득한 숲 속을 거닐듯 어딘가 낭만적일 거라고 생각했다. 그러나 작업실을 지배하는 주조는 낭만이 아닌 실용이었다.

목수가 일부러 어떤 나무를 찾아간다면 그것은 자연과 깊은 교감을 나누기 위해서가 아니다. 그 나무를 베어내기 위해서다. 거대한 늙은 나무가 부분적으로나마 지탱하고 있는 뿌리, 수액, 엽록체의 마지막 생명활동에 일격을 가해 숨통을 끊어놓기 위해서.

아직 팽팽한 젊은 나무를 벌목해야 하는 경우도 있다. 단지 주변 땅임자의 콩밭에 매일 오후 서너 시간씩 그늘을 드리우기 때문에, 건강한 성장을 거듭한 자연스러운 결과로 몸집이 크고 가지가 빽빽해져 근처 과실수의 수확을 방해하기 때문에, 이러저러한 사람들의 사정 때문에 아무 문제없이 생명의 기운을 발산하는 젊고 건강한 나무가 무지막지한 엔진톱의 날에 쓰러져야 한다면 나 같은 사람은 고개를 젓고 말 것이다. "아니오, 그럴 순 없습니다. 이 나무에게도 생명을 이어나갈 권리가 있습니다!"

그러나 목수의 일이란 그런 게 아니다. 오히려 나무를 베어가라고 연락을 준 분들께 감사를 표해야 하는 입장이다. 보통 그 자리에서 현금으로 치러지는 사례는 나무 주인에게가 아니라 나무를 옮기는 포클레인 기사의 손에 전해지게 마련이다. 나무가 서 있던 땅의 주인들은 나무 값으로 만 원 한 장 챙기지 못해도 대개는 속이 시원한 얼굴을 하고 있다. 애물단지를 공짜로 치우게 됐으니 오히려 기분이 좋다는 듯.

어느 날 목수는 몇 덩이의 '애물단지'를 트럭에 싣고 작업실로 돌아왔다. 그는 기쁨에 찬 의기양양한 목소리로 아내에게 전화를 걸었다(목수가 낮에 집으로 전화를 걸어 자기 얘기를 하는 일은 아주 드물다).

"엄청나! 정말 대단해. 포클레인 기사 얘기를 듣고 가봤더니 집 뒤뜰에 참죽나무 두 그루가 서 있었어. 선 채로 말라 죽은 나무였어. 베어봐야 알겠지만 속이 그대로 텅 비었을 수도 있고 다 썩었을 수도 있고 말이야. 아무튼 베지 않고서는 모르는 거니까. 그래도 꽤 굵은 나무라 일단 베어봤지. 그런데 이건…… 이렇게 붉은색이 잘 든 참죽은 처음이야! 속이 꽉 차고 썩은 곳도 전혀 없어. 장비 값만 주고 가져왔다고. 최고의 참죽나무를 말이야."

나중에 작업실에 들른 나는 애물단지에서 대박으로 운명이 뒤바뀐 아름드리 참죽나무 대여섯 동이가 작업실 안마당에 조용

나무가 살아온 세월을

붉은 수액이 적신다.

히 누워 있는 모습을 보았다. 나무는 죽은 채 그 자리에 서서 몇 년간 자연 건조되었기 때문에 생명의 흔적(수분을 머금은 조직의 유연함 따위)이 이미 많이 걷힌 상태였다.

나무는 아무 말도 하고 싶어 하지 않는 것 같았다. 왕좌에서 끌어내려진 위대한 왕의 초라하지만 여전히 고귀해서 더욱 애잔한 모습이랄까. 문학을 전공한 죄로 나는 이런 상황에서 어울리지 않게 남의 나라 희곡의 주인공인 미치광이 왕을 떠올렸다. 그렇다고 이 나무가 자신의 운명을 애도하거나 풋내기 목수의 작업장 흙바닥에 아무렇게나 눕혀진 현실을 꼭 부정적으로 바라보는 것 같지는 않았다. 생명체로서 분명히 기능 정지된 그 나무는 어떤 면에서는 살아 있는 듯 보였다.

"이게 뭐야?"

잘려진 나무의 단면에는 원형의 나이테가 길고 짧은 세월의 굴곡을 그려내고 있었다. 유심히 들여다보면 무척 가물었던 어느 해 여름의 흔적과 예외적으로 풍성했던 몇 번의 가을의 추억이 그 동그란 선율에 고스란히 담겨 있을 터였다. 그 나이테의 한쪽에 피처럼 붉은 점액이 새어 나와 둥근 원의 얼굴을 일그러뜨리고 있었다.

"수액이야. 참죽은 나무 색깔처럼 수액도 붉어. 이건 많이 말라서 이 정도고……."

목수가 가리키는 곳을 보니 제재소에서 막 판재로 켜온 또

61

다른 참죽나무에선 산딸기 즙처럼 진한 수액이 진득한 액체 상태로 꾸역꾸역 흘러내리고 있었다. 나는 고개를 돌리고 싶었다. 그러나 너무나 선명한, 너무나 분명한, 막 스러져 내린 생명의 흔적이 시선을 압도했다.

목수는 쓰러진 나무토막을 애도할 시간 따위 없어 보였다. 제대로 된 목재 창고도 갖추지 못한 넓지 않은 마당에 계속 쌓여 가는 나무를 정리하기 위해선 쉬지 않고 움직여야 했다. 어깨와 팔뚝의 근육이 도드라지게 발달한 병정개미와 같은 몸으로 그는 나무를 들고, 안고, 끌었다. 어느 정도 정리가 마무리되는가 싶더니 바쁘게 작업실로 돌아가 깎고 파고 끼우고 두드리고 잘라냈다. 위잉— 기계가 돌아갔다. 탁탁탁탁, 우지끈. 그가 고개를 드는 것은 다음 공정을 위해 자리를 옮겨야 할 때뿐이다. 눈을 감았다 뜨는 것은 눈썹 위에 뽀얗게 앉은 나무 먼지를 털어내기 위해서다.

마을에서 얻어온 나무는 곧은 것과 구부러진 것이 똑같이 많았다. 비정형의 나뭇등걸에서 어떤 가구가 만들어질지 목수는 길게 설명하지 않는다. 일은 입이 아니라 몸으로 한다는 듯. 두 손으로 이리저리 등걸을 돌려 살펴본 후 단호하게 결정한다. 그대로 내리쳐 결대로 쪼갤 것인지, 가장자리만 가만히 정리해 넓은 면을 살릴 것인지. 목수란 나무를 감상하는 사람이 아니라 무언가 쓸 만한 물건을 만들어내는 사람이다. 그가 나무와 만나는 방식은 몸 대 몸의 방식이었다.

목수는 나무와 몸으로 만난다.

말 대신 몸으로 일한다.

작업실의 나무들은 부활의 가능성을 안고 있었다. 튼튼하고 보기 좋은 가구로 만들어져 오십 년이나, 바라건대 백 년쯤 더 삶을 이어나가게 될지 모른다. 그러나 내 마음속 한편에선, 설령 작업실의 매출이 가파른 상승곡선을 그리지 못할지라도 세상 사람들이 자신에게 꼭 필요한 가구를 두 번 세 번 생각해주었으면 하는 바람이 움텄다. 생활에 정말로 필요한 가구란 생각만큼 많지 않을 수도 있다. 고르고 고른 단 몇 개의 가구를 오래오래 아껴 써주었으면. 절실하지 않은 물건을 만드는 데 쓰여 없어지기엔 나무는 너무 귀한 존재다. 그러기 위해서는 목수가 만드는 가구는 '평생을 쓸 만한 가구'여야 했다.

"그렇게 만들어줄 수 있겠어?"

"해봐야지."

목수가 대답했다. 대단한 결의 같은 것은 없었다. 다만 방법을 찾아야 한다고만 했다. 더 나은 가구로 발전시킬 방법. 손에서 연장을 놓지 않는 목수의 시간을 나는 믿어보기로 했다.

조지 나카시마,
우연히 만난 스승

    조지 나카시마^{George Nakashima}는 일본계 미국인으로 이십 세기를 대표하는 가구제작자의 한 사람이다. 그가 이미 세상을 떠나고 십구 년의 세월이 흐른 뒤인 2009년 겨울의 평범한 저녁, 우리는 그를 만났다.

    어느덧 나무작업실을 열고 한 해가 지난 무렵이었다. 그즈음 목수는 작은 가구의 그림을 그려 내게 보여주었다. 얼마 뒤 태어날 우리 아기를 위한 가구, 요람이었다. 요람으로만 제작하면 아기가 커버리고 난 뒤 쓸모가 없을 것 같아 사방에 촘촘히 꽂은 살의 일부를 빼서 좀 긴 등받이의자로도 쓸 수 있도록 고안했다. 요람의 몸체는 나무의 곡선이 살아 있는 자연목 판재였다. 목수가 직접 통나무에서 켜낸, 작업실에서 가장 흔하게 볼 수 있는 목재. 목수도 나도 이 요람의 그림이 마음에 들어서 잃어버리지 않도록 일기장에 잘 붙여두었다.

    그리고 며칠 뒤, 목수는 무언가 검색을 하다 우연히 유명한 한 가구의 사진을 보았다. 그는 나를 불렀다.

    "이것 좀 봐." 목수는 좀 얼이 빠진 얼굴이었다.

목수의 요람 스케치와
나카시마의 의자.

닮았다는 것이
황송한 위안이었다.

뭔데 그래. ……응?

"우리 요람이잖아."

우리가 생각했던, 나중에 긴 등받이의자로 쓰자며 그려보았
던 요람이 이미 가구로 완성되어 사진 속에 있었다. 가구의 이름
은 '코노이드 벤치Conoid Bench', 만든 사람은 조지 나카시마였다.

가구를 만드는 사람으로서 조지 나카시마의 이름을 처음
들어봤다는 것이 특이한 일이라면 일이었을까. 목가구제작자를 꿈꾸며 학교와 공방에서 훈련을 받는 이들에게 핀 율Finn Juhl, 샘 말루프Sam Maloof, 구스타브 스티클리Gustav Stickley, 조지 나카시마의 이름은 낯설지 않다. 교과서와 같은 이름들이다. 목수 지망생들은 나무를 다루며 어려움과 한계를 직접 느껴보았기 때문에 더욱, 비례와 곡선을 절묘하게 다루는 율의 디자인에 감탄하고, 말루프의 흔들의자에 구현된 극한의 세련된 기술에 입을 다물지 못하고, 스티클리가 고수한 과묵함의 가치, 자연의 위엄과 아름다움에 헌정된 나카시마 가구의 진가를 알아보는 것이다. 교과서, 영웅, 스승, 그중 어느 것도 없이 외딴길을 돌아 목작업의 세계에 입문한 남편에게 나카시마는 그 모든 것으로 찾아왔다.

조지 나카시마의 가구는 자연의 아름다움에 대한 찬사였다. 자연이 베푸는 은혜로움에 대한 지극히 겸손한 답신. 그의 디자인은 소재를 뛰어넘으려 하지 않았다. 소재의 위대함을 가리지 않기 위해 가능한 한 낮은 소리로 용건을 전달하는 지적이고 사려 깊은 목소리였다. 그가 전하고 싶었던 말은 무엇일까.

"위대함은 가까운 곳에 있다."

내게는 그렇게 들렸다.

목수의 스케치와 거장의 대표작이 비슷한 구석이 있다는 점은 우리의 어깨를 으쓱하게 만들었다. 철부지 자부심은 그러나 오래가지 않았다. 보면 볼수록, 무엇보다 만들면 만들수록 이상과 현실의 괴리는 분명했다. 단순한 저 하나의 선을 만들어내기가 이리도 어렵단 말인가? 사실 초보 목수의 가구는 나카시마의 명작들과 비교 대상이 아니었다.

나카시마의 가구는 그야말로 목수가 만들고 싶어 하는 가구의 오래된 미래였다. 목수가 품고 있는 가구의 이상, 그것이 뛰어난 거장의 손에 의해 이미 한 번 완성된 적이 있다는 사실이 목수를 고무시켰다. 목수에 따르면 나카시마의 작품은 '가구로 표현된 자연의 아름다움'이자 '공학의 예술적 표현'이었다. 건축공학을 전공하고 설계사무실에서 일한 이력을 반영하듯 나카시마는 몇 개의 단순한(기술적으로는 어려운) 선으로 가장 안정적이고 우아한 탁자와 의자의 구조를 창조했다.

외교관이 되고 싶은 아이에게 반기문 총장의 존재, 수녀를 꿈꾸는 아이에게 마더 테레사의 존재, 그런 거였다. 목수에게 조지 나카시마의 존재란. 그는 나카시마의 가구를 비평할 필요를 느끼지 못했다. 그대로 몰입했다.

인터넷을 뒤져 그의 작품을 모조리 살펴보기를 얼마나 했을까. 더 이상 새로운 정보를 찾기 어려워질 무렵 우리는 한 권의 책을 구했다. *The Soul of a Tree.* '나무의 혼'이라는 제목이 붙은 조지 나카시마의 자서전이자 작품집이었다. 아마존닷컴으로 주문해 몇 주 만에 책이 도착했을 때 목수가 한 말은,

"영어잖아."

아니 그럼 한글일 줄 알았나? 목수 선생, 나카시마 상은 미국인이었다고요! 몇 날 며칠 목수는 그림만 들여다봤다.

"중학교 2학년 때 선생님이 무서워서 영어를 포기했어."

그때는 이미 배 속의 아이가 태어나서 우리 집 안방에 이불 깔고 누워 옹알거릴 때였다. 그날부터 나는 아이를 뉘여 놓고 번역을 시작했다. 삼십 분씩 한 시간씩, 아이가 배불리 젖 먹고 잠이 들거나 누워서 혼자 놀 때 틈틈이. 갓난아이를 누인 방에 전자파 나오는 컴퓨터를 놓을 수가 없어서 포스트잇에 손으로 깨알같이 문장을 적어나갔다. 책 한 면에 다섯 장, 여섯 장씩 포스트잇이 붙어갔다. 목수가 박수를 치며 응원하길,

"야, 잘한다. 이제 난 영어 공부 안 해도 되겠네."

번역은 그렇게 삼 개월쯤 걸렸다. 삼 개월이 지나자 아이가 더 이상 혼자 가만히 누워 있지 않았기 때문에(기어 다니기 시작했다) 사전 붙잡고 집중할 시간이 없었다. 삼분의 이쯤 완성된 번역본, 즉 포스트잇이 덕지덕지 붙은 책을 건넸다. 재미있는 건, 그래도 목수는 그림만 봤다는 거다. 나는 그가 난독증이 아닐까 의심했다. 그림과 목공 용어로 채워진 실용서가 아니라면 아무리 좋은 책을 쥐어줘도 몇 줄을 못 넘기고 바로 잠이 들고 마는 선택적 난독증.

자서전을 한 줄 한 줄 열심히 읽은 건 나였다. 번역을 해야 했으니까. 그러다 잠들기 전 이불 속에서 중얼중얼 인상 깊었던 내

용을 읊어주기 시작했고(나카시마 선생의 자서전은 무척 재미있어서 우리 부부의 주된 화젯거리가 되지 않을 수 없었다) 결국 목수는,

"안 읽어도 다 알아. 꼭 읽은 것 같아!"

속 편한 결론을 냈다.

나무를 대하는 나카시마의 철학과 태도는 우리를 매료시켰다. 그의 가구는 이미 잘라져 다듬어진 목재가 아니라 숲 속의 살아 있는 거친 나무에서 시작되었다. 세계대전의 폐허에서 목수로서 막 생활을 시작했을 때(미국은 승전국이었지만 나카시마는 적국인 일본 이민자의 자손이었으므로 전후의 그의 생활터전은 폐허였다), 그는 나무를 깎아 실용적인 물건인 가구로 완성시키는 기쁨으로 경제적으로 어려웠던 하루하루를 버텼고, 공방을 둘러싼 숲에서 나무와 돌을 구해 가족들을 위한 소박한 집을 지었으며, 마침내 경지에 오른 가구제작자가 되었을 때는 생을 마칠 준비가 된 거대한 나무들을 찾아 세계 곳곳을 여행했다.

그의 삶과 나무 이야기는 목수를, 목수의 아내를 꿈꾸게 했다. 우리처럼 숲에서 나무를 구해 만드는 목수 가운데에도 명인이 있다! 반듯하게 정제된 목재를 사용하는 여느 공방과는 달라도, 숲에서 얻은 우리 나무를 목재로 손수 만들어가는 과정이 어려워도, 있는 그대로 나무의 아름다움을 가구에 담는다는 목수의 꿈이 허황된 것만은 아니었구나……! 우리에겐 그보다 더한 위안이 없었다.

풍부한 자료 사진이 담긴 나카시마의 자서전은 지금도 목수의 손이 닿는 가장 가까운 자리에 꽂혀 있다. 새로운 아이디어가 필요할 때, 구조적 설계에 대한 고민이 생길 때 그는 페이지를 넘기며 조용히 탄성을 지르곤 한다. 보고 또 보고 닳도록 보아도 새로운 것을 발견하게 되는 선생의 가구는 명작임에 분명하다.

　　"이 책은 바이블이야. 이 한 권이면 충분해."

　　진정한 경전이란 복제가 아닌 진화를 요구하는 법. 이곳에서 저 너머로 뛰어넘으려는 사람을 위한 다리가 되어준다. 스승의 작품에서 목수는 비로소 그 다리를 발견한 것 같았다.

건축재

사람들은 나무를 어떻게 이용하고 있을까. 자, 먼저 나무를 벤다. 통나무 모양 그대로 응달의 자연바람에 5~7년 이상 말리면 건축물의 기둥감이 된다. 사찰, 한옥, 궁궐 등. 오래 말린 나무일수록 휨과 뒤틀림의 성질이 줄어들어 좋은 목재로 쓰인다. 나무에 변형이 일어나는 것은 세포벽 내에 아직 증발될 수분이 남아 있다는 뜻이다. 충분히 말려 휠 것은 다 휘고 뒤틀릴 것은 다 뒤틀린 상태를 안정된 목재라 부른다. 그 상태에서 수분 측정기를 대보면, 50~200퍼센트에 이르렀던 나무의 수분 함유율이 대략 15퍼센트 이하로 떨어져 있음을 확인할 수 있다.

잘 말린 건축재라 해도 습한 날씨엔 다시 수분을 흡수하고 습도가 낮은 계절에는 내뱉는다. 조직에 변형이 일어날 수 있다는 말이다. 이것이 목수가 상대해야 하는 '자재'의 고약한 성질이다.

가구재

1~3년간 건조된 통나무를 제재기에 올려 판자나 막대 모양으로 켠 뒤(이것을 '판재' 또는 '각재'라고 한다) 자연바람에 2~3년 이상 다시 말리면 가구재가 된다.

이렇게 충분히 마른 나무로 만든 가구가 습한 곳에 놓일 경우 목재가 다시 습기를 흡수·팽창해 가구가 망가질 수 있다. 이를 최소화하기 위한 장치로 첫째, 못이 아닌 짜맞춤으로 조립하며 둘째, 식물성 오일(아마 씨에서 짠 기름 등)을 조직 내에 침투시킴으로써 습도 변화에 대항

하게 할 수 있다. 목수마다 방법은 다르겠지만 짜맞춤과 천연오일 마감은 자연 그대로의 나무로 가구를 만들어 오래 쓰기 위한 보편적인 방편이다.

판재와 각재의 크기와 두께는 목수가 원하는 대로 켤 수 있지만 이렇게 통나무를 직접 제재하는 목수는 줄어들고 있다.

최근엔 수입된 목재를 사용하는 경우가 많고, 수입목은 특정 두께로 재단된 완전 건재 형태로 주로 판매된다. 나무로서 수축·팽창하는 성질이 사라진 상태

의 목재는 가공성이 높다. 즉 변형의 위험을 최소화해 안정적으로 작업할 수 있다는 말이다. 가공성 높은 건재를 사용하다보면 '나무'를 안다기보다 때로 질 좋은 '목재'를 접할 뿐인 경우도 생긴다. 그것은 아쉬운 일이다. 우리는 목재에 앞서 나무를 잘 아는, 주변 숲에 뿌리박은 목수가 되기를 바라고 있다.

여기까지가 순수한 그대로의 원목이다. 통나무, 그리고 거기에서 발라낸 판재와 각재. 나무 그대로의 자재이기 때문에 휨과 뒤틀림의 위험도 크고 구불구불 휘어 자란 나무를 곧게 켜내다보니 못쓰고 버려지는 부분도 많다.

목수의 손으로 나무를 베고 건조·보관·제재하며 단 하나도 동일한 모양과 곧은 평면이 없는 자재로 가구를 만들기까지는 공이 많이 든다. 대신 물 흐르듯

유려한 나뭇결과 나무의 표면을 따라 형성된 구불구불한 자연의 선을 볼 수 있고 일체의 첨가물이 사용되지 않기 때문에 건강하며 숲과 목수의 사연이 담겨 소중한 목재가 된다.

집성목

1 핑거조인트 집성목.

2 목수의 수제 집성.

3 아름다운 집성이 곧 실력.

목수의 필요에 따라, 산업의 요구에 따라 원목에 가공을 첨가하게 된다. 대표적인 것이 집성목이다. 집성集成이란 나무를 이어 붙인다는 뜻이다. 시판 집성목 중 가장 일반적인 것은 '핑거 조인트 finger joint' 방식이다. 작게 도막 낸 나뭇조각들을 깍지 모양으로 이어 붙이기 때문에 이음새가 손가락 깍지 낀 것 같다고 해서 붙은

이름이다. 자투리를 이어 쓰므로 산업적 효율이 높지만, 도막들의 집합에서 나뭇결의 아름다움을 찾아보기는 힘들다.

집성으로 효율을 높이되 나무의 결을 살리는 방법도 있다. 나뭇결이 살아 있는 통나무 길이 그대로의 긴 각재 수십 개를 접착제로 나란히 붙여 판재로 만들고 면을 반듯하게 갈아내면 된다. 이것을

'솔리드solid' 집성목이라 한다. 자투리를 이용할 수 없으므로 생산단가가 올라 핑거 조인트에 비해 가격대가 높다.

어떤 방식이든 건조에 기본 대패질까지 마친 상태로 판매되는 완전 건재 집성목은 가구재로 선호된다. 편리하기 때문이다. 또한 원래 나무로는 얻을 수 없는 넓은 판재를 집성을 통해 만들 수 있고, 휘거나 뒤틀리는 방향이 서로 다르도록 배열해 붙임으로써 뒤틀리는 힘을 상쇄시켜 변형이 적은 목재를 얻을 수 있다는 장점도 있다. 하지만 유독 성분이 함유된 접착제를 집성에 이용할 경우 안전성이 떨어질 수 있으므로 가구를 구입하기 전에 견본 가구를 주의 깊게 살펴봐야 한다.

목수가 직접 만드는 집성목도 있다. 폭 50센티미터 이상의 넓은 목재가 필요하거나 뒤틀림을 최소화해야 할 경우 핑거 조인트도 솔리드도 아닌 목수만의 방식이 등장한다. 폭 30센티미터 이상인 두 판을 이어 붙이되 판과 판 사이에 목침을 여러 개 박아 넣는 방법이다. 집성한 나무는 일반적으로 가구의 상판으로 쓰이고 충격과 수분에 노출될 확률이 높다 보니 집성의 강도를 높이기 위해 작업에 공을 들이고, 접착제는 검증된 안전한 제품을 사용한다. 훌륭한 집성은 때로 이음새를 찾기 어려울 만큼 자연스럽고, 아름다운 집성은 목수의 실력을 보여주는 잣대가 되기도 한다.

가구재로서 시판 집성목과 수제 집성목은 각자의 매력이 있다. 솔리드 집성목이 잘 정제된 미끈한 매력이 있다면, 통나무 판재나 수제 집성목에는 온전한 나뭇결이 주는 깊은 푸근함이 있다.

합판

목재 가공이란 나무 본래의 까다로움을 최소화하는 방법이다. 예를 들어 합판이란 통나무를 사과껍질처럼 돌려 깎기로 벗겨낸 두께 1~2밀리미터 가량의 얇은 판을 세 장 이상 접착해 강도를 높인 자재다. 얇은 판을 붙이는데 강도가 왜 올라갈까? 맞붙는 각각의 판이 서로 엇결이기 때문이다. 한 장은 수직결, 그다음 장은 수평결, 다시 수직결. 이런 식으로 힘을 견디는 방향이 서로 다르도록 포개면 더 강한 무게와 압력을 견디게 된다.

화려한 나뭇결로 벽면이 포장된 실내 인테리어는 사실 시멘트 등으로 벽을 세운 뒤 겉면에만 얇은 합판을 붙인 경우가 많다. 이것이 합판의 장점이자 슬픈 단점이다. 저렴한 판재 몇 장으로 나무로 시공한 듯한 아늑함을 주니 장점이고, 그 아늑함이 단지 착시현상이며 실은 접착제에서 방출된 유해가스가 실내를 채우고 있으니 단점일 수밖에 없다.

이런 자재들도 있다

파티클보드(PB, Particle Board)
여타 목재를 생산하고 남은 자재를 작은 조각으로
부수어 접착제와 고온 고압으로 압착시킨 자재

엠디에프(MDF, Medium Density Fiber Board)
나무를 섬유질 상태로 분해한 뒤 접착제를 넣고 강한
압력으로 눌러 만든 판재

PB와 MDF는 사용하고 남은 파편까지 가공해 판매할 수 있으니 생산자에게는 나쁠 것이 없다. 다만 이들을 만드는 접착제에 부패를 방지하는 포름알데히드 성분이 들어 있어 사용자에게는 위험하다는 인식이 확대되고 있다. 겉면에 '하이글로시High Glossy'라는 광택제가 발라지거나 아예 나무 무늬의 필름, 혹은 진짜 나무에서 얇게 박피한 껍질(천연무늬목)을 붙이는 식으로 제조된다. 구성요소의 일부로 나무가 사용되고 무늬 또한 나무와 비슷하지만 나무 고유의 감촉이나 성질은 남아 있지 않다. 이들을 '목재'라 부르는 것은 자재의 성질보다는 산업적 분류에 의해서이다.

은은한 향기, 견고한 안정감, 세월이 흐를수록 깊어지는 색과 결, 목재가 된 뒤에도 남아 있는 성질, 그게 나무다.

재봉틀,
잃어버린 손의 세계

어느 날 저녁밥을 먹다 무심코 말을 꺼냈다.

"재봉틀 덮개가 없어졌어. 먼지 쌓이면 안 좋을 텐데. 하기야 지금도 고장이 난 건지 잘 안 돌아가긴 하지만."

내게는 오래된 재봉틀이 하나 있었다. 실생활에 쓰는 도구가 아니라 그냥 소장품이었다. 오랫동안 소중히 모셔왔지만 쓰는 법은 몰랐다. 공짜란 그런 것일까? 우연히 거저 얻게 된 재봉틀은 한번 배워봤으면 하는 호기심을 일으키긴 했지만 열 일 젖히고 배우게 되지는 않았다.

그래도 나는 바느질에 호감을 가지고 있었다. 재봉을 시도해본 적도 있었다. 맘먹고 재봉틀 앞에 앉았으나 막막했다. 문득, 오래전 학교에서 배운 '밑실'이니 '북실'이니 하는 낱말이 기억났다. 몸체 아랫면의 뚜껑을 열자 달팽이 껍질처럼 생긴 통에 '공ㅗ'자 모양의 작은 플라스틱 실패가 들어 있었다. 이게 밑실이로구나. 여기에 실을 감고 어찌어찌하면 바느질이 되지 않을까? 실패에 실을 자동으로 감을 수 있다는 사실이 전혀 기억나지 않았기 때문에 그냥 손으로 감았다. 지금 생각하면 웃기지만, 그땐 몰랐기 때문에 그다지 불편하지도 않았다.

자, 그럼 달팽이 껍질 속에 실패를 장착해볼까? 의기양양하게 밑실 뚜껑을 다시 열었다. 이것저것 만졌다. 무언가를 뺐다. 도로 넣어야지. 어? 이게 왜 안 들어가. 부품을 제자리로 돌려보내고 밑실을 끼우는 데만도 무척 오랜 시간이 걸렸던 것 같다. 간신히 소 뒷걸음 치는 격으로 실을 끼우는 데 성공하고 신나게 직선박기를 하는데 돌연 윗실이 끊어졌다. 다시 바늘귀에 실을 꿰고 드르르…… 또 끊어졌다. 레버를 이것저것 돌렸다. 바늘땀이 엉켰다. 무언지 모를 부속품을 갈고 뺐다. 바늘이 부러졌다. 뭐야. 에이, 관둬 이딴 거!

바로 그 재봉틀의 덮개가 없어진 것이다. 밥을 다 먹고 목수가 뭔가 주섬주섬 찾아왔다. 재봉틀 연습하겠다며 덜컥 샀다가 구석에 박아둔 천이었다. 목수는 길이를 가늠하려는 듯 재봉틀에 천을 쓱 대보더니 연필을 집어 몇 군데 눈금을 표시하고 쓱싹쓱싹 천을 잘랐다. 바늘 쌈지를 뒤져 재봉바늘도 갈았다. 윙— 자동으로 밑실을 감아 제자리에 넣고 윗실을 걸고 노루발을 내리고 능숙하게 레버를 돌린 뒤, 무릎을 굽히고 앉아 페달을 밟았다.

드르륵, 드르르륵, 드르르르…….

이십 분도 채 안 지난 것 같다. 목수의 손에는 재봉틀 덮개가 들려 있었다. 가장자리를 이중으로 박아 튼튼하고 각도 예쁘게 잡히고 심지어 밑단에 배색 바이어스까지 둘러진 그럴듯

한 덮개.

"됐다."

덮개는 재봉틀에 꼭 맞았다.

줄자도 밑그림도 없었는데, 고민하는 눈치도 없이 그냥 천을 자르고 막 박아대는 것 같았는데, 그랬는데 단 몇 분 만에 필요한 물건이 눈앞에 있었다. 어이가 없었다. 재봉틀이 이렇게 멀쩡히 돌아가다니. 내가 아무리 해도 풀 수 없었던 암호가 목수에겐 대충 주무르다 눈 감고 먹는 떡이었다.

"가르쳐줘!"

그렇게 나는 목수에게 재봉을 배웠다. 그 뒤로도 몇 번 실이 엉키고 뜬 적이 있지만 목수는 유심히 살펴보고 간단히 고쳐 돌려주었다. 약골에 성능도 형편없는 줄 알았던 재봉틀이 알고 보니 사지가 멀쩡한 훌륭한 기계였다.

재봉틀은 유용했다. 저렴한 아사 면을 사서 둘레를 박은 뒤 창문에 걸자 커튼이 되었다. 입구만 남기고 삼 면을 박아 이불솜을 넣자 이불보가 되었다. 자신감이 붙은 나는 얼마 뒤 태어날 아기의 기저귀를 손수 만들기로 했다. 천을 끓는 물에 팍팍 삶은 뒤 대략 재단을 하고 끝단을 재봉틀로 박아서 시어머니께 자랑삼아 보여드렸다.

"잘 만들었죠, 어머니?"

온갖 부속이며 레버들이

고대의 문자처럼 막막해 보이던 재봉틀.

어머니는 혀를 끌끌 차셨다.

"기저귀 단은 박지 말고 살짝 말아서 감침질하는 거야. 그래야 애기 허리에 안 배기지."

아, 그렇구나. 하지만 오십 장이 넘는 기저귀 양 끝단을 다시 뜯을 생각을 하니 만삭의 배가 당겨오는 것 같았다. 아무렴 어떻게든 쓸 수 있겠지. 다행히 끝단이 볼록한 기저귀도 접는 법을 요모조모 궁리하니 아쉬운 대로 쓸 만한 물건이 되었다.

목수의 도움으로 기계바느질의 신비를 해독한 나는 바느질의 신세계를 기웃거리기 시작했다. 재봉틀을 쓰면 바늘땀이 탄탄하고 속도가 붙어서 좋고, 손바느질은 바늘땀의 모양이 정감 있고 직접 손을 놀리는 재미가 있어 좋았다.

"만들 수 있는 물건을 굳이 돈 주고 살 필요 없잖아."

'돈이 아깝다는 말인가'라고 여겨졌던 목수의 얘기가 조금 달리 들리기 시작했다. 핵심은 '돈'이 아니라 '필요한 물건'이었다. 필요한 걸 직접 만들어 쓰는 재미 말이다. 재봉틀이 손에 익자 비로소 내게도 만들어 쓸 수 있는 물건이란 것이 생겼다. 바야흐로 잊혔던 정원의 문이 열리고 있었다. 느리지만 부지런한 손끝이 지배하는 세상, 숨 가쁘게 달려온 생활에서 완전히 지워졌던 그 세상이 조용히 나를 찾아왔다.

아궁이와
우편배달부

그리고 얼마 뒤 우리는 마당이 있는 시골집을 얻어 이사했다. 목수의 첫 번째 작업실이었던 허름한 농가에서 멀지 않은 산너울 마을이었다. 태양열 온수와 태양광 전기, 아담한 마당이 딸린 흙벽돌 생태주택. 우리에겐 과분한 집이었다. 지인의 소개로 집주인을 만났을 때 우리 수중의 돈은 얼마간의 전세금뿐이었다. 친구들 얘기를 들어보니 요즘 서울에서 그 돈으론 월세 보증금도 대기 힘들다고 했다. 그래도 시골이라면 작은 빌라 정도는 얻을 수 있는 돈이었지만 마당 딸린 생태주택은 얘기가 달랐다. 과연 얻을 수 있을지 확신이 서지 않았다.

이런저런 얘기를 주고받고 나서 주인은 우리에게 예산이 얼마냐고 물었다. 우리는 가진 돈을 말했다. 역시 주인장의 예상보다 적은 돈임이 분명했다. 얼마 뒤 우리는 이런 답변을 들었다.

"그렇게 합시다. 우리도 당장 돈이 필요해서 세를 놓는 건 아니에요. 집이 오래 비어 있어서 마을에 폐를 끼치는 것 같았거든요. 마을에 좋은 이웃이 되어줄 분들을 찾고 있었어요."

나중에 살아보고 알았다. 좋은 이웃은 우리가 아니라 산너울 마을의 분들이라는 것을. 특히 아이가 있는 집들은 이웃사촌

새집의 마당.

매일 아침 이런 광경과 마주한다는 건

과분한 호사였다.

처럼 허물없이 지내며 밥과 반찬, 때마다 간식거리를 부담 없이 나눴다. 세 살부터 열두 살까지 조르륵 이어진 열두어 명의 마을 아이들이 서로의 집을 제집처럼 드나들었다. 우리 아이의 옷장도 점차 마을 언니 오빠에게 물려받은 옷으로 채워져갔다. 그리고 이곳에서 나는 생애 처음으로 진짜 시골살이에 전격 투입됐다.

이사 간 달이 마침 겨울 초입이었다. 아궁이에 불을 넣으면 한밤 뜨끈하게 지낼 수 있는 자그마한 온돌방을 침실로 쓰기로 했다. 집주인에게 물려받은 약간의 땔감은 얼마 못 가 떨어졌다. 임시방편으로 목수가 구한 폐목을 가져와 때기 시작했다. 내 키만큼 크고 두꺼운 통나무들이었다. 나무를 아궁이로 옮기는 일만으로도 근력운동이 톡톡히 됐다. 도끼로 패 장작으로 쪼개 쓰는 것이 여러모로 좋겠지만 매일 새벽에 나가 해 진 뒤 꽁꽁 언 몸으로 돌아오는 피곤한 목수에게 장작패기까지 부탁할 순 없었다. 또 막상 해보니 통나무도 땔감으로 아주 못 쓰는 것은 아니었다. 다만 큰 나무에 불을 붙이기 위해서는 작은 불을 먼저 일으키는 '불쏘시개'라는 것이 반드시 필요했다. 불쏘시개라니, 소싯적 소설 속에서나 읽던 말이네. 푹 웃음이 났다.

불쏘시개를 구하기 위해 아이 손을 잡고 나지막한 뒷산 산책길에 올랐다. 주변이 온통 소나무 숲이라 바닥이 솔가지 카펫이다. 바닥을 쓱쓱 긁어 작은 부대에 주워 담는다. 어럽쇼. 제법 길고 굵은 가지들도 산기슭 여기저기에 뒹굴고 있다. 잘 말라서 쉽게 뚝뚝 부러진다. 굽혔다 폈다 허리가 숲길에 절을 해대고 등 골에 땀이 흐른다. 휴, 이 정도면 되려나. 작은 솔방울을 집었다 던 졌다 하며 놀던 딸도 싫증이 났는지 조르기 시작한다. 그래, 내려 가자.

한 손은 아장아장 아이의 손을 잡고 한 팔엔 부대자루를 안 고 내려온다. 나뭇가지 하나 더 꽂을 틈도 없이 꽉 찬 부대가 꽤 무 겁다. 가다 멈춰 자루를 내려놓고 쉬기를 몇 번, 가파른 경사길을 내려와 표고버섯 재배장을 거쳐 마을도서관을 지나면 드디어 우 리 집이다. 자, 아궁이칸에 짐을 부려놓고. 어이구구…… 앓는 소 리가 절로 난다.

그렇게 일주일에 한 부대씩 안고 오면 그런대로 불을 지필 만 했다. 나중엔 "솔가지 산책 가자!" 하면 딸이 알아서 뒷산으로 향 할 정도가 되었다. 근근이 필요한 만큼씩만 주워 오다보니 진눈 깨비나 눈이 날리는 날에 산책을 강행하는 일도 있었다. 어느 날 딸아이에게 옛날이야기를 읽어주고 있는데 '눈 내린 숲에서 땔감 구하는 게으름뱅이'가 등장하는 게 아닌가. 웃음이 터졌다. 이거 우리 얘긴데?

일단 눈이 내리고 나면 숲에서 가지를 줍는 일은 정말 어려 웠다. 눈에 덮여 가지가 잘 보이지도 않았고 또 이미 습기를 먹은 가지는 불이 잘 붙지 않아 불쏘시개 역할을 제대로 해내지 못했

땔나무 쌓기는

시골살이의 일상이자

낙이 되었다.

다. 그늘진 숲 속에 한번 내린 눈은 잘 녹지 않기 때문에 한참 동안 산행이 불가하니 겨울이 오기 전에 충분히 쏘시개를 모아놓지 못한 사람은 그야말로 게으름뱅이가 아닐 수 없었다. 옛날이야기 속의 교훈이 이렇게 현실적으로 다가오기는 처음이었다.

모아 온 솔잎과 가지로 작은 불을 일으키는 법은 목수에게 배웠다. 손톱만 한 불은 점차 장작의 나무껍질로 옮겨 붙고 마침내는 통나무의 두꺼운 허리를 집어삼키는 원시의 불길로 치솟아 올랐다. 불의 춤에 시선을 빼앗긴 채 앉아 있노라면 시간 가는 줄 몰랐다. 육아로 쌓인 긴장도 집안일의 피로도 그 순간만큼은 불길 속에 다 놓아버리고 훨훨 날아오르는 것 같았다. 아궁이에 불을 지피며 숨통이 트였다.

이렇게 제법 불 넣기에 자신이 붙을 무렵의 어느 날이었다. 오전에 내린 진눈깨비로 마당의 흙도 사방의 공기도 차갑고 축축했다. 아궁이 한쪽엔 솔가지가 수북이 쌓여 있었다. 이 정도면 문제없겠군. 든든했다. 목수가 퇴근하기 전, 딸아이가 늦은 낮잠에 들 무렵, 창백한 겨울 해가 서쪽 산등성이로 자취를 감추기 전인 오후 5시쯤 불을 피우는 것이 나의 일과였다. 그런데 왜일까. 그날따라 불이 붙지 않았다. 불씨는 계속 꺼지고 대신 숨을 쉴 수 없을 만큼 매운 연기가 아궁이칸을 가득 채웠다. 꼭 감은 눈에서 눈물이 났다. 콧물도 났다. 물 범벅인 얼굴을 소매로 연신 훔쳐댔다.

마침내 욕이 나기 시작했다. 이게 뭐야. 뭔 놈의 나무가 이래!

얼마나 지났을까. 그렇게 지저분해진 얼굴로 막 욕을 해대는데 누가 날 불렀다.

"저기, 좀 도와드릴까요?"

고개를 들어보니 우체부 아저씨가 마당에 서 있었다. 앳된 얼굴의, 처음 보는 젊은 우편배달부였다.

"이게 안 돼요. 아까부터 계속 했는데."

울먹이며 우체부에게 솔가지를 넘겼다. 불을 지피는 그의 모습은 그야말로 베테랑이었다. 쪼그리고 앉은 자세부터 솔가지를 뭉텅이로 잡아 라이터를 당기는 손놀림까지. 한 번, 두 번, 세 번.

"정말 잘 안 붙네요. 날이 습해서 그런가 봐요."

말이 끝나자마자 젊은이의 등 너머로 맹렬한 불길이 일기 시작했다. 아, 불이다! 고마워서 절이라도 하고 싶은 심정이었다. 참으로 우러러보였다. 탁탁. 그는 가볍게 제복에 묻은 먼지를 털어내며 일어섰다.

"참나무라 더 어려웠을 거예요. 참나무가 원래 잘 안 말라요."

"……저게 참나무예요? 참나문지 어떻게 아셨어요?"

우체부는 잠시 멍한 눈으로 나를 쳐다봤다.

"보면 알죠."

아…… 그렇구나. 허 참, 이 아줌마가. 말없는 눈치 대화가 오갔다. 잠시 후 설명이 이어졌다.

"참나무가 저렇게 생겼어요. 우리 집이 저기 저수지 너머 마을이에요. 겨울 나려면 다들 땔감 해야 하니까요. 어릴 때부터 하도 나무 하러 산에 다녀서 그 정도는 뭐."

우리는 아궁이 앞에 서서 저수지 너머 마을(나도 몇 번 가본 적이 있었다)의 풍경과 인심, 우리가 공통으로 아는 인물(잠깐 얘기를 하다보니 한 사람의 공통인물이 나왔다)의 근황에 대해 하하 호호 이야기를 나눴다. 그분 참 난 잘 치시죠. 그러게요. 집에서 수묵화를 다 그리시고. 사모님이 민물고기 매운탕을 잘 하시던데. 그게 우리 동네 저수지에서 나오는 고기거든요. 어쩌고저쩌고.

"정말 고맙습니다."
"아뇨, 뭐. 그럼."

우체국 오토바이에 시동이 걸리고 나는 허리를 푹 꺾어 작별인사를 했다. 시골에서 태어나 자란 그 청년이 멋쟁이로 보였다. 우리 딸도 저렇게 자라날까? 쪼개진 나무껍질만 봐도 참나무, 밤나무 구분할 줄 아는 사람. 밥 먹을 때 수저 들듯, 신발 신으려고 허리 굽히듯 그렇게 아무렇지 않게 아궁이에 불도 잘 넣을 줄 아는 사람. 좋아. 웃음이 흘러나왔다.

'앵두'의
탄생

마당에 앵두나무를 심을 때 잘못해서 길쭉한 가지 하나를 부러뜨렸다. 이런, 물이 오르기 시작한 겨울눈이 아까웠다. 혹시나 싶은 마음에 실내로 들여와 물병에 꽂아두었다. 바깥은 아직 추웠다. 길고 길었던 겨울의 긴장이 채 풀리지 않은 땅에 꽃샘추위가 다시 찾아와 차가운 입김을 휘둘렀다.

낡은 겨울과 아직은 너무 어린 새봄이 지루한 힘겨루기를 하던 어느 날의 아침.

"어!"

거실에 둔 앵두나무 가지의 꽃눈이 하얗게 터졌다. 앵두꽃이었다. 작업실 마당의 배나무 꽃보다는 붉고, 뒷산 어귀의 복숭아나무 꽃보다는 오히려 희고 청초한 꽃. 하나둘 피어오르기 시작한 꽃망울은 기다림에 보답이라도 하듯 빠르게 만개했다. 마당의 앵두나무보다 몇 주나 앞서 피어난 꽃으로 내 마음은 완전히 봄기운에 젖고 말았다.

나는 딸에게 새봄을 축하하는 선물을 하기로 마음먹었다. 지난겨울 책에서 본 인형을 만들자. 『엄마, 발도르프 인형으로 놀아요』(크리스토퍼 클라우더·재니 니콜 지음, 성정미 옮김, 지와사랑, 2009)

라는 책이었다. 재료도 많이 필요 없었다. 양털 솜과 신축성이 좋은 인형용 천, 머리카락을 심을 털실과 돗바늘이 다였다. 태어날 때부터 까무잡잡하고 노란 기가 돌았던 딸의 피부와 가장 닮은 색깔의 천을 골랐다. 딸의 머리는 짙은 밤색이 섞인 검은색으로 숱이 많았기 때문에 비슷한 색의 털실도 넉넉히 샀다.

책에 나온 설명 그대로 천을 오리고 이어 붙이고 솜을 채우고……. 어려운 건 없었다. 손바느질이 요구하는 것은 다만 시간이었다. 한 땀 한 땀 주의를 기울이며 바늘을 움직이는 일은 생각보다 많은 시간을 필요로 했다. 빨리 결과를 보지 않아도 상관없으니 지금 이 순간 바느질을 즐기겠다는 각오. 바느질의 즐거움은 바늘에서 오는 게 아니라 바늘을 쥔 사람의 마음에서 오는 게 분명했다.

다리와 머리는 단단하게, 배와 팔은 부드럽게. 사람의 몸과 비슷한 원리로 인형의 몸통에 솜을 채워 넣었다. 그리고 드디어 얼굴의 표현. 딸아이의 이마 선을 들여다보았다. 이마가 넓게 드러나고 관자놀이 윗부분이 머리카락으로 살짝 덮여 있었다. 그 모양을 본떠서 재봉용 수성펜으로 밑그림을 그린 뒤 선에 맞춰 머리 밭을 실로 채우고 탐스런 머리채를 심었다.

발도르프 인형은 눈과 입을 작게 표현하는 것이 원칙이다. 그래야 표정이 한 가지로 정해지지 않아 아이가 마음껏 상상력을 발휘하며 가지고 놀 수 있다고 한다. 튀지 않는 살구색의 실로 작은 입술을 수놓았다. 간단한 아웃라인 스티치 서너 땀이면 되는 건데 해놓고 보니 마음에 들지 않아 뜯어내고 다시 놓았다. 아주 작은 차이일지라도 마음에 꼭 드는 모습으로 만들고 싶었기 때문이다. 그래서 비록 원칙에는 어긋날지라도, 마지막으로 수놓은 인형의 눈은 조금 커졌다. 딸의 눈이 크기 때문이다. 아이와 꼭 닮은 인형을 안겨주고 싶었다.

바느질할 때 내 자리는 따뜻한 햇살이 들어오는 거실 탁자 앞이었다. 흙벽돌에 자연 그대로의 황토를 발라 내부마감을 한 산너울 마을의 집은 햇빛이 쏟아져 들어오는 한낮에도 약간 어둑했다. 나는 그 아늑한 어둠을 좋아했다. 그 집에서 빛은 상대의 눈이 아프도록 자신을 과시하지 않았다. 나를 위로해준 빛의 역할은 눈부심보다 따뜻함이었다.

창가 자리는 따뜻했다. 앵두꽃은 환하게 피어올랐다. 생의 소중한 기억들이 바느질을 통해 오롯이 손끝에 집중됐다. 어느 날 인형은 완성되었고 그 자그마한 생명체에 나는 '앵두'라는 이름을 지어주었다.

"애애두?"

딸이 자기를 닮은 인형을 안으며 웃었다. 얼마 뒤 물병 속의 앵두꽃은 시들고 진짜 봄이 마당에 찾아왔다.

완성하고 이 년 뒤,

딸의 손에 닳고 닳아

구멍이 난 얼굴을 수선하는 날.

훌쩍 큰 아이가 '동생' 몸에

새 솜을 채워주었다.

처음 만들었을 땐 '앵두 언니'.

아이가 크자 '내 동생 앵두'.

씻고 말려줄게.

머리도 빗어줄게.

봄의 정원요리

햇마늘

쪽이 여섯으로 갈라지며 향과 맛이 뛰어난 토종 육쪽마늘. 톡 쏘듯 맵기보다 은근히 알싸하고 향긋하다. 그중에서도 최고는 '갓 수확한 육쪽마늘'이다. 잎채소나 과일처럼 뿌리채소 역시 방금 흙에서 건져 올린 신선한 맛과 향기는 어디에 비할 수 없다.

마늘은 콩이나 들깨 등의 수확을 마친 빈자리에 10월경 심어 겨울을 난 뒤 이듬해 6월 초순에 거둔다. 무성하게 자라도 잎이 사방으로 뻗지 않아 종자 간격은 20센티미터 내외면 충분해 좁은 공간에서 많은 양을 기를 수 있어 좋다.

우리 집은 단 20~30주의 마늘을 심어 얻은 수확으로 6월부터 그해 겨울까지 요리에 쓰일 마늘을 충당할 수 있었다.

수확 전인 5월경에 꽃대인 마늘종을 뽑아 들기름과 간장에 간단히 볶아 먹는 맛이 기막히다. 알뿌리가 채 영글지 않았을 때 통째로 들어내 뿌리털만 잘라내고 고추장에 쓱 찍어 먹는 것도 일품이다.

봄의 들풀

봄의 산과 들은 각종 들풀로 뒤덮인다. 고사리, 취(참취, 곰취), 원추리, 망초, 머위 등 데쳐서 나물로 무쳐 먹는 풀도 있고, 민들레, 질경이, 쇠비름처럼 날것 그대로 간단한 소스를 얹어 샐러드로 먹는 풀도 있다. 산기슭 여기저기 쉽게 눈에 띄는데, 들풀에 대해 잘 모르는 나 같은 사람은 쉽게 알아보지 못한다. 목수 따라 몇 년이나 게으른 산행을 다닌 끝에 몇 가지 구분할 수 있게 되었다. 나와 비슷한 초보자라면 『숲과 들을 접시에 담다』(변현단 지음, 들녘, 2010) 같은 책에서 도움을 얻을 수 있을지 모른다.

여기에 먹을 수 있는 꽃잎 몇 장을 곁들이면 보기 좋다. 봄꽃 중에 진달래, 제비꽃, 목련꽃, 민들레 등을 먹을 수 있다. 진달래꽃 화전이 유명하듯 목련과 민들레 꽃도 전을 부친 뒤 꿀에 찍어 먹는데, 막상 먹어보면 꿀맛이지 꽃잎의 맛은 따로 없다. 그래도 초록 일색인 밥상에 고운 색을 더하니 빼놓기 아깝다.

햇마늘 라면

칼국수, 쌀국수, 메밀국수 등 여러 종류의 국수를 즐겨 먹지만 가끔씩 라면의 꼬들꼬들한 맛이 생각날 때가 있다. 라면수프 대신 멸치로 국물을 내고 각종 채소를 넣어 끓이면 대체로 괜찮은 맛을 낼 수 있는데, 지인의 조언으로 통마늘을 넣어봤더니 괜찮은 맛이 '끝내주는' 맛으로 발전했다. 세 돌 지난 아이가 큰 대접으로 한 그릇을 다 먹었다.

재료(1인분)
라면사리 1봉, 된장 1술, 멸치·버섯 등 집에 있는 재료로 우린 다시물 적당량, 부추·얼갈이배추 등 국물에 넣어 먹는 잎채소 한 줌, 숙주 한 줌, 통마늘 4~5톨

조리
끓는 다시물에 된장을 푼 뒤 마늘과 라면사리를 넣고 한 번 바르르 끓인다. 그런 다음 빨리 익는 재료를 마지막에 넣는다는 생각으로 나머지 재료를 넣어준다. 같은 잎채소라도 배추 잎은 면과 함께 넣어 푹 끓여야 부드럽고, 잎이 얇은 부추는 면이 다 익을 때쯤 넣어 가볍게 끓이면 풀내 없이 시원한 국물을 낼 수 있다. 이밖에도 양파, 버섯 등 집에 있는 재료를 넣으면 채소라면이 되지만, 마늘 향을 즐기려면 숙주, 부추 같은 잎채소 한 가지 정도만 넣는 편이 낫다.

들풀 샐러드

입맛 없거나 장 보러 읍에 나갈 시간이 없을 때 들풀 샐러드는 집 주변에서 손쉽게 구해 뚝딱 만들 수 있는 반찬이다. 곁들이는 소스에 따라 여러 가지 맛이 나지만 내가 좋아하는 것은 매실청과 플레인 요구르트로 만든 소스다. 맛도 달콤하지만 만드는 방법이 아주 간단하기 때문이다.

재료(1인분)
①들풀 종류별로 한 줌씩(민들레 잎, 질경이, 돈나물, 제비꽃)
②소스: 매실청, 플레인 요구르트, 호두와 깨 약간씩

조리
①을 물에 충분히 씻은 뒤 체에 밭쳐 물기를 뺀다. ②의 재료를 모두 미니 믹서에 넣고 가볍게 간다. 이 소스를 만들 때 매실청과 요구르트의 양을 계량한 적은 한 번도 없다. 필요한 소스의 양을 요구르트의 양으로 가늠한 뒤, 단맛을 매실청으로 조절하는 식이다. 두 사람이 먹을 샐러드에 듬뿍 올린 요구르트 3큰술이면 소스의 양이 크게 부족하지 않을 것이다. 담백하게 먹고 싶을 땐 매실을 작은술로 1~2개, 단것이 당길 땐 큰술로 1개를 더한다. 저마다 취향대로 비율을 정하면 된다. 들풀을 보기 좋게 접시에 담고 먹기 전에 소스를 뿌린다.

여름

성장이란
우연의 무성함을
받아들이는 것

태풍 상륙

해마다 여름이면 유독 비바람과 태풍이 잦았던 그해 여름이 생각난다. 딸이 태어나기 전이었다. 그리 넓지 않은 목수의 작업실은 쌓아둘 목재가 늘어나면서 조금씩 더 좁아졌다. 마당에 햇빛가림 천막을 치고 야외작업실을 만들었다. 우기가 시작되자 천막은 동시에 비가림막 역할도 했다. 소나기성 폭우가 지나간 뒤 대나무 장대로 천막 가운데를 추켜올리면 고인 빗물이 폭포처럼 쏟아져 내렸다. 작업실 앞의 전망 좋은 저수지도 이 계절엔 그리 달갑지 않았다. 저수지에서 증발되는 수증기가 뜨거운 남서풍에 실려 작업실이 자리한 마을 골짜기를 숨 막히게 채워나갔다.

일을 눈앞에 두고 편히 쉬지 못하는 성미의 목수지만 이런 계절엔 달리 방도가 없었다. 툇마루에 뻗어 잠시 눈을 붙이지 않으면 한낮의 열기를 감당하기 힘들었다. 비바람만 간신히 막는 수준의 야적장에 쌓아둔 소중한 나무들이 비와 습기에 노출되어 검은 곰팡이의 피해를 입어갔다. 한껏 열기와 습기를 머금은 나무가 건조한 계절이 오면 수축을 일으켜 짜임이 헐거워질 염려도 있으니 이래저래 근심거리였다.

살면서 계절의 영향을 그토록 선명하게 느끼기는 처음이었다. 사무실에서 근무할 땐 더위가 살짝 피하고 싶은 대상, 냉방기 리모컨으로 멀찍이서 조절할 수 있는 상대였지만 시골 작업실의 더위는 달랐다. 씨름판의 적수 같았다. 때로 질 때도 이길 때도 있지만 어쨌거나 한결같이 내 몸으로 타고 넘어야 했다.

그리고 태풍이었다.

태풍이 뭐? 일기예보의 다급한 경보를 심드렁히 들어 넘겼다. 어린 시절 태풍경보가 내려진 오후에 호기심으로 문밖에 몸을 내밀었다가 그 즉시 우산이 뒤집어지는 바람에 외출을 단념한 경험, 그것이 내가 몸으로 겪은 태풍의 전부였다. 아파트는 믿을 만한 보호막이었다. 문을 닫고 들어앉으면 아무리 대단한 비바람이 세상을 휩쓸고 지나더라도 내 한 몸만은 안전했으니까.

그날 밤 목수의 판단은 나의 안전수칙을 정면으로 거스르는 것이었다.

"바람이 생각보다 심하네. 야적장이랑 작업대에 비닐을 덮어놨는데 걱정돼. 다녀올게."

자정이 가까운 시각이었다. 비 내리는 소리가 심상치 않았다. 거센 바람에 밀려 미처 땅에 닿지 못하고 떠 있다 와르르 한 번에 쏟아져 내리는 폭우의 거친 리듬.

"지금? 작업실에? 혼자서?"

목수는 벌써 옷을 입고 있었다. 작업실까지 차를 몰고 가야

먹구름이 끼면 긴장한다.

자연과 가깝다는 것은 때로 무자비한 그 손길로부터

우리 자신을 보호해야 한다는 뜻이기도 하다.

하는 것부터가 걱정이었지만 그런 세세한 걱정거리가 떠올랐다기보다 이런 시각, 이런 악천후에 혼자 길을 나선다는 것 자체가 불안했다. 후다닥. 목수는 재빨리 옷을 입고 신발을 신고 우산은 들었다가 도로 놓고…….

"어차피 소용없겠군."

그러곤 따라나서겠다는 아내를 굳이 말리지 않고 함께 길을 나섰다.

아마 우리는 많이 젖었을 것이다. 목재 야적장을 덮은 비닐 천막의 한쪽 끈이 풀려서 나무의 일부가 비바람을 뒤집어쓰고 있었으니까. 목수는 간신히 끈을 붙잡았고, 삼분의 일쯤 벗겨져 뒤로 넘어간 비닐 막을 도로 씌우기 위해 노력했고, 마음대로 움직여지지 않아 기를 쓰는 모습을 보다 못해 아내가 그를 도왔고. 그러니까 두 사람 모두 그 비바람을 홀딱 뒤집어썼을 게 분명한데 그 기억은 남아 있지 않다.

그날 밤 폭풍우의 기억은 내 손바닥에 남아 있다. 나는 얇은 밧줄과 같이 거칠고 질긴 느낌의 하얀 끈을 손에 꼭 쥐고 있었다. 목수는 아무 설명도 없이 내게 단문장의 지시만을 내렸다. 잡고 있어. 반대편으로 가. 당겨! 적재된 목재 꼭대기에 비닐천막을 도로 씌우는 방법이라곤 씌우려는 방향으로 천막을 잡아당기는 것뿐이었다. 잘 되지 않았다. 꼭대기는 높았고 비바람은 얼굴을 때

렸으며 천막은 바람을 타고 거세게 펄럭거렸다. 들쭉날쭉 튀어나온 목재에 자꾸만 비닐이 걸렸다. 심장이 쿵쾅거렸다. 될까? 이걸해내려면 쌓인 목재보다 높은 커다란 기계 같은 것이 필요한 게아닐까? 위에서 내려다보고 덮어씌운다면 간단할 텐데.

문서 처리가 많은 일에 종사했던 나는 가끔씩 현실에서 마음속으로 컨트롤-제트(Ctrl-z, 바로 이전 작업을 없던 일로 되돌리는 단축키)를 누르는 일이 있었다. 돌이키고 싶은 실수를 저질렀을 때문득 머릿속으로 습관처럼 '이전 단계 복구' 키를 누르는 것이다. 그리고 나선 당연히 변할 리 없는, 종전과 똑같은 현실에 낯설음을 느꼈다. 컴퓨터에선 되는데 이상하네, 라는 걸까.

지금 상황도 비슷했다. 이게 영화라면 어딘가에서 천막을 간단히 씌울 수 있는 장치를 동원할 수 있을 텐데. 현실에는 그런 게없구나. 꿈에서 깨어난 기분이었다. 아드레날린이 솟구쳤다. 팽팽한 떨림이 근육을 긴장시켰다. 이게 될까? 알 수 없다. 그러나 지금내 몫의 일은 이것뿐이다. 나는 이편에서, 목수는 저편에서 함께줄을 잡아당길 뿐이다. 이렇게 하지 않으면, 최소한 내가 아는 다른 수는 없으니까. 일단 그렇게 마음을 먹자 몸이 좀 더 날래진 기분이 들었다. 나는 목수의 지시에 따라 열심히 뛰어다녔다. 거세게 당겨진 끈이 붉은 자국을 남기며 무른 손바닥을 파고들었다.

목수의 판단은 옳았다. 내 생각엔 도저히 일이 될까 싶었는데 시키는 대로 줄을 잡고 건물을 돌고 어딘가에 엉킨 줄을 풀고 또 어디쯤에서 단단히 묶고……. 그렇게 얼마쯤 뛰었을까. 야적장의 비닐 막은 제자리를 찾았다.

　　다음 날, 이른 아침 전화벨 소리에 잠에서 깼다. 부모님이었다. 밤사이 비바람 피해가 컸다는 뉴스를 보신 모양이었다. 목수의 작업실은 어떤지 걱정이셨다. 괜찮아요. 작업실은 무사합니다.
　　그 태풍을 계기로 나는 적절한 비가림 시설이 만들어질 때까지 여름이 우리에게 어떠한 임무를 부여할 것인지 알게 되었다. 자연의 힘은 인간의 노력을 가볍게 뛰어넘을 것이고 비바람과 습기로부터 목재를 보호하는 일은 쉽지 않은 승부가 될 것이었다. 목수의 꿈이 나의 꿈이 되는 것은 어려운 일이 아니었다. 우리는 한 조였다. 언젠가 목재창고를 지으리라. 겨울의 추위와 여름의 더위로부터 우리 자신을 보호할 수 있는 작지만 옹골찬 작업실을 지으리라. 긴장과 스릴, 만족과 절망이라는 매일의 허들을 넘어 언젠가 그 미래에 가닿을 것이다. 의심하지 않았다.

척하면 착,
제재소의 올드보이

　　한차례 소나기를 쏟아낸 한여름의 파란 하늘이 싱그러웠다. 땅 위 곳곳엔 따가운 볕이 웅덩이처럼 고여 있었다. 미루나무를 켜는 날이었다. 작업실 인근 선산에서 베어 온 지름 두 자(약 60센티미터)가량의 커다란 나무였다. 일반적인 우리 소나무도 커봐야 한 자 반(약 45센티미터)에서 두 자를 넘기가 힘든데 그보다 잘 큰 셈이었다. 너무 커서 묘 옆에 두기가 부담스러워진 나무는 목수의 차지가 되었다. 지난겨울 베어다 작업실에서 사오 개월가량 묵힌 것을 오늘에서야 제재소로 옮겨왔다. 베어낸 둥치를 야적장에 두고 말리는 시기는 나무마다 다른데 미루나무는 그중에서도 성질이 남달랐다.

　　"미루나무는 베자마자 켜야 해. 통나무로 놔두면 속이 썩어."

　　목수는 제재소 사장님의 충고를 기억하고 있었다. 하지만 겨우내 납품 기한을 맞추느라 통 시간을 내지 못하다가 어영부영 봄을 넘기고 이제야 제재소를 찾은 것이다. 제재소는 작업실과 같은 판교면에 있었다. 작업실에선 차로 십 분 거리. 칠순이 넘으신 사장님이 사모님과 함께 운영하는 곳이었다.

　　두 분의 역할 분담은 명확했다. 귀를 찢을 듯한 굉음의 띠톱

제재기 앞에서 평생을 바쳐온 두 분.

을 중심으로 한 대형 제재기나 육중한 통나무를 번쩍 들어 올려 정확한 자리에 올려놓는 지게차 같은 '기계 파트'는 사장님의 몫이었다. 경험과 눈썰미, 기계에 대한 이해가 필요한 일이었다. 사모님은 그에 보조를 맞추는 '일손 파트'였다. 띠톱의 가공할 힘에 종잇장처럼 썰려 나오는 두꺼운 판재를 '으잇차!' 온힘으로 들어 바로 옆의 적재 칸으로 밀어놓는 일 등 손으로 하는 일은 모두 사모님 차지였다. 사모님의 근력은 웬만한 장정을 능가했다. 뜻하지 않게 지게차에서 나무가 쏠려 떨어진다든지 장비에 손을 다친다든지 하는 어쩌다 한 번씩 일어나는 안전사고는 사장님보다 사모님 쪽인 경우가 많았다. 목재며 기계의 위험한 부위 가까이에 직접 손을 대는 사람의 부상 확률이 아무래도 높기 때문이다.

두 분은 반갑게 목수를 맞아주셨다. 목수가 찾아가면 그전에 하던 일이 있더라도 잠시 밀어놓고 먼저 일을 봐주실 때가 있다. 제재소에서 목수는 자기 자리를 잘 알고 있다. 도착해서 제일 먼저 하는 일은 수다 떨기다. 사장님이 건네주시는 시원한 음료로 목을 축이며 이런저런 얘기를 나눈다. 동네 다른 목수의 근황, 지난번 가져간 나무 이야기, 변덕스런 날씨 이야기……. 사장님도 목수도 일은 많고 시간은 부족한 사람들이지만 양쪽 다 서두르지 않는다.

한 땀 더위를 식힌 후, 본론이 시작되었다. 가져온 나무를 어떻게 자르면 좋을까? 사장님은 갖가지 목재의 특징을 누구보다도 잘 아는 분이었다. 베고 켜는 시기, 휘어짐과 강도, 방향에 따른 나뭇결의 무늬는 물론 수요와 공급의 최근 추세와 적절한 가격대까지도. 목수는 작업실을 운영해온 몇 년 동안 목재에 대한 경험을 쌓아왔다. 자신이 원하는 용도의 목재를 얻기 위해 어떤 방향과 두께로 켜야 하는지 몸으로 겪으며 나무 보는 눈을 길러왔다. 어리버리 초짜 시절부터 제재소를 이용해온 목수는 사장님과 척하면 착이다. 상의 끝에 어렵지 않게 결정이 난다.

벤 지 몇 달이 지난 미루나무는 일단 한 도막 짧게 잘라 점검을 거쳐야 했다. 속이 괜찮은지 보기 위해서다. 다행히 크게 상한 부분은 없었다. 운이 좋았다. 확인을 마친 뒤 지게차로 떠서 제재기에 올리고 껍질을 벗겨냈다. 나무껍질 아래에는 개미를 비롯한 각종 곤충들이 집을 짓고 사는 경우가 많으므로 곤충에 의해 나무가 상하는 일을 막기 위해 미리 벗겨내는 것이 순서다. 목수가 뾰족한 삽처럼 생긴 도구를 건네받아 피죽 아래 날을 푹 찔러 넣고 껍질을 들어 올린다. *끄응*, 힘이 들어간다. 이를 악 다문다. 껍질이 분리되기 시작하면 별안간에 집을 잃고 당황한 쏠개미들이 죽을 기세로 공격을 감행한다. 쏘이면 무척 아프고 물리는 족족 심하게 부어올라 '쏠개미'라 불리는 놈들. 그러나 저항은 허무하리만치 쉽게 제압된다. 인간들에겐 압축된 공기의 압력을 이용해 원하지 않는 물질을 표면에서 제거하는 에어 컴프레서^{air compressor}라는 무기가 있기 때문이다. 총부리처럼 생긴 일명 '에어'의 출사

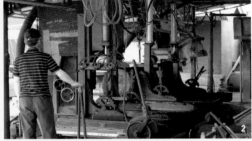

통나무 제재하기

1 　제재기에 올린 통나무의 피죽을 벗긴다.

2 　나무 싣고 톱날을 향해 직진!

3 　굉음을 내며 돌아가는 대형 띠톱.

4 　갓 켜낸 미루나무 판재에 물기가 촉촉하다.

구에서 '쉭' 시원한 바람이 뿜어져 나오더니 미루나무의 몸체를 깨끗이 쓸어냈다.

제재기는 폭 4미터, 길이 10미터에 이르는 대형 기계다. 제재소의 널찍한 마당 한쪽을 차지하고 있다. 여기에 통나무를 올려 뾰족한 발톱으로 고정한 뒤 운전석에 올라 통나무를 좌우로 움직이며 정확한 자리를 잡는다. 그런 다음 '쐬애애-이앵' 쉬지 않고 기합을 넣으며 돌아가는 띠톱을 향해 직진한다. 톱은 저만치 제자리에 고정되어 있고 통나무를 얹은 선반을 움직여 원하는 두께로 따내는 구조다. 사장님이 운전석에 오르면 목수는 사모님이 대기하고 있는 띠톱 옆으로 자리를 옮긴다. 톱날은 숙련된 호위병들의 보조를 받으며 여왕처럼 나무에게 명한다. 갈라져라! 일격에 나무는 한 켜 발라내진다. 톱날 옆에 붙어선 두 사람은 분리된 판재를 들어 즉시 옆자리로 밀어낸다. 약간 깡뚱해진 통나무는 다시 원위치로 돌아갔다가 톱날 쪽으로 자리를 재배치 받은 후 다시 직진. 한 번 더, 그리고 또 한 번.

보통 이 정도 지름의 우리 소나무라면 탁자나 장식장의 상판으로 사용할 대형 판재 네댓 장으로 두껍게 켜면 그만이겠지만 지름이 두 자에 이르는 아름드리 미루나무를 끝까지 켜내자 판재가 수북이 쌓였다. 여러 장으로 켜낸 만큼 두께는 얇았다. 7푼 짜리(약 21밀리미터)의 얇은 두께의 서랍용 판재. 제재가 시작되기 전 목수가 내린 결정이었다. 나무를 묵히는 몇 달간 목수는 미루나무를 관찰하며 정보를 모아왔다. 미루나무를 겪어본 사람들의 얘기를 듣고 책을 찾아보고 마침 필요하다는 사람에게 한 도막을 건네준 뒤 사용 소감을 듣기도 했다. 그 결과,

"미루나무는 상판으론 못 써. 단독으로 두면 계속 틀어지니까. 그렇다고 시설물을 만들 수도 없어. 못을 박으면 못 자리가 벌어져버려. 방법은 못 대신 짜임을 쓰고, 그것도 사방을 꽉 짜맞춰서 틀어지지 않게 하는 것뿐이야. 별다른 무늬도 없고 목질도 강한 편이 아니지만 대신 가볍기 때문에 서랍을 만들면 괜찮겠지. 서랍재는 두고두고 필요한 자재니까."

금방 켜낸 판재는 손에 묻어날 듯 축축한 물기를 머금고 있었다. 저 물기가 바싹 말라 사라지는 건조 과정에서 비로소 목재로서의 가치는 올라갈 것이다. 서랍은 겉으로 보이지 않는 부분이다. 그렇다고 미루나무가 '나빠서' 안 보이는 부위에 쓰이는 게 아니다. 나무마다 쓰임새가 다른 것뿐이다. 단단하고 색이 화려해서 가구재로 선호되는 고가의 참죽나무가 아무리 좋다 한들 서랍재로는 어울리지 않는다. 서랍재의 단가가 올라가면 가구 값이 비싸지고(서랍 재료만 다를 뿐인데 더 비싼 돈을 주고 살 이유가 없다), 참죽은 단단한 만큼 무거우므로 열고 닫을 때마다 팔 근육을 긴장시켜 근력운동을 해야 한다. 그런 점에서 서랍재로는 가벼운 미루나무가 참죽나무보다 나을 수 있다.

오전 10시에 시작한 일이 오후 2시가 넘어서 끝났다. 아무도

점심을 먹지 못했다. 평소라면 대여섯 번의 톱질에 끝났을 걸 오늘은 얇게 켜느라 그보다 몇 배나 일을 했으니 시간이 걸릴 수밖에. 일이 많다고 비용을 더 쳐드리는 것도 아니다. '한 사이(목재의 부피를 따지는 단위)에 얼마' 하는 식으로 값은 정해져 있다. 차곡차곡 쌓인 판재와 자투리 각목까지 알뜰히 목수의 짐차로 옮겨진다. 제재 값은 장부에 적어두었다가 한 번에 정산하기로 하고 오늘은 "수고하셨습니다!" 서로 주고받는 이 말로 대신한다.

그 외에 다른 말은 없다. 목수는 "다른 제재소에선 단박에 퇴짜 놓을 귀찮은 일을 번번이 맡아주셔서 고맙습니다"라고 하지 않는다. 제재소의 노부부는 "다른 이들은 나무 내릴 때 한 번, 찾으러 올 때 한 번, 딱 두 번 얼굴 비치고 끝인데 자네는 때마다 몇 시간씩 일 돕느라 애쓰네"라고 하지 않는다. 서로 웃어줄 뿐이다. 목수의 웃음이 말해준다. 그가 이곳을 좋아하고 있다는 걸. 제재소의 넓고 오래된 마당이 그의 어깨 위에 쌓인 긴장과 피로를 오히려 털어내주었다는 걸. 서서히 작동을 멈추는 띠톱 위로 시골 매미의 노곤한 날갯짓 소리가 들려왔다.

까짓 사포질
백만 번의 장난감

아이가 태어난 후 목수는 줄곧 딸을 위해 뭔가를 만들어주고 싶어 했다. 나무 딸랑이를 만들려다 실패했고('딸랑'거리지 않는 와인 잔 모양의 물건이 아기 손에 쥐어졌다), 발가락 근육을 발달시킨다며 아이가 기어오를 작은 언덕 모양의 발판을 만들었다가 아내의 따가운 눈총을 받았고(기어 다니며 발가락 쓰는 시기는 금세 끝났다), 인형을 태울 원목 유모차를 만든다며 바퀴만 샀다가 버렸다. 열의는 넘쳤으나 문제는 시간이었다. 진짜 괜찮은, 정교한 무언가를 만들어 딸에게 바치기엔 목수는 너무 바빴다.

그래도 아주 무용한 실패는 아니었다. 경험을 쌓으며 그는 처음보다 현실적인 계획을 생각해내기에 이르렀다.

"나무 블록을 만들어볼까."

아내가 맞장구쳤다.

"그게 좋겠어!"

조각나무라면 목재를 재단하고 남은 자투리들이 작업실 바닥에 얼마든지 쌓여 있었다. 면을 깨끗하게 자르고 거친 부분만 사포로 갈아내면 괜찮은 장난감이 될 것 같았다.

어느 주말 아침, 쌓기 나무를 원하는 세 집이 한자리에 모였다. 고만고만한 또래의 아이를 둔 집들이었다. 목수가 나뭇조각이 든 부대를 끌고 나타났다. 다들 사포 한 장씩 손에 들고 여유만만한 얼굴로 목수를 반겼다. 쉬엄쉬엄 합시다. 까짓 사포질, 얼마나 걸린다고. 어서 마치고 점심을 듭시다!

그러나 까짓 사포질엔 무척 많은 시간이 걸렸다. 점심상이 차려질 때까지 삼분의 일도 채 못 끝낸 것 같았다. 오른팔이 아파서 왼팔로, 다시 왼팔이 저려서 오른팔로. 어구구…… 앓는 소리가 흘러나왔다. 왁자하던 수다도 점차 사그라들었다.

가장 긴 선이 7~8센티미터 내외인 작은 직육면체 조각을 생각해보자. 원형 톱으로 잘라낸 여섯 개의 면에는 나무의 섬유질이 삐죽삐죽 거칠게 올라와 있다. 사포를 잡고 손바닥 전체로 밀어준다. 생각보다 섬유질이 질기다. 힘이 많이 들어간다. 하나, 둘, 셋……. 다 됐다. 쓸어보니 만족스럽다. 이 정도면 아이 손에 가시 박힐 일은 없겠다. 이번엔 날카로운 모서리가 열두 개. 쓱쓱 갈아낸다. 단번에 부드러워지진 않는다. 몇 번을 반복해 쓸어내야 한다. 하나 다 했고, 이제 두 개째. 힘을 내서 셋, 넷, 다섯……, 열, 열하나, 열둘. 헉헉……. 자 이제 마지막, 꼭짓점이로구나. 뾰족한 꼭짓점이 총 여덟 개. 두어 번 싹, 싹, 스치듯 가볍게 깎아낸다.

이렇게 한 짐당 이백 개가 넘는 나뭇조각을 잡고 갈아냈다. 한낮이 훌쩍 지나고 저만치 해가 기울어져 있었다. 그래도 마무리를 건너뛰지는 않았다. 거즈 수건에 현미유를 듬뿍 덜어 나뭇조각 구석구석을 문질러 닦아냈다. 기름 먹은 나무에서 한결 속 깊은 진한 색이 우러나왔다. 엄마 아빠들의 얼굴에도 비로소 미소가 떠올랐다. 블록은 가족의 품에 들려 각자의 집으로 돌아갔다.

우리 아이가 이 나뭇조각 이백 개를 본격적으로 가지고 놀기 시작한 것은 만 세 돌이 가까워질 무렵, 그러니까 만들어진 날로부터 약 열두 달이 지난 뒤였다. 일 년 동안 엄마 아빠의 사랑은 바구니 속에서 먼지를 먹으며 잠들어 있었다. 그러던 어느 날, 집 안의 온갖 잡동사니를 쌓으며 종알종알 이야기를 만들어낼 만큼 충분히 자란 아이가 두리번거리며 상상놀이의 재료를 찾던 끝에 마침내 나뭇조각이 담긴 바구니에 손을 뻗었다.

그 뒤로도 엄마 아빠 표 나뭇조각이 아이의 장난감 가운데 일등을 차지하는 날은 오지 않았다. '동생' 인형 앵두를 제외하면 일등은 언제나 분홍색 플라스틱 조각들(구슬, 공주 빗, 왕관 등)이었다. 쌓기 놀이는 그다음이었다. 우리는 현실을 받아들였다. 돈으로 환산되지 않는 크나큰 사랑과 정성도 천오백 원짜리 공주 스티커에 밀릴 수 있다. 그냥 그런 거다. 아이를 위해 팔이 빠져라 나뭇조각을 문지르던 그 한낮의 노고는 부모의 마음속에 오래 남을 추억이었다. 그것도 나쁘진 않으니까.

그러니까 이 그네는
누굴 위해 만들어졌나

이번엔 잘 맞아떨어진 셈이었다. 나무 모으기는 목수의 취미였고 작업실에는 등이 굽은 나무, 팔걸이 모양의 나뭇가지, 길쭉하게 휘어진 판재 따위가 넘쳐났다. 그 가운데 애초에 그네 감으로 낙점된 등걸이 하나 있었다. 이제 딸이 어느 정도 자라 제 손으로 그네 줄을 잡을 나이가 되자 목수는 때가 되었다고 생각한 모양이었다.

"그네를 달아야겠어."

"어디에?"

"집에."

내 눈꼬리가 확 치켜 올라갔다. 서너 평 남짓한 좁은 거실에 통나무 그네를 달아 놀이터를 만들겠다니. 딸을 위해 하겠다는 건지 아니면 오래전부터 그네로 마음먹은 나무로 본인이 재미있는 공작놀이를 하고 싶다는 건지 의심이 갔다. 잔소리 연타가 목수 머리 위에 소나기처럼 쏟아졌다. 그러나 목수가 나를 이기는 방법은 고전적이었다.

안 돼! 절대 안 돼! "그렇게 나쁘진 않을 텐데."

얼마 후. 안 된다고 했잖아! "그럼 하는 수 없지."

다시 얼마 후. 난 싫다고. "그래 알았어."

또다시. 꼭 만들어야 해? "그런 건 아니지만."

결국. 으, 맘대로 해! "고마워. 예쁘게 만들게!"

처음 봤을 때부터 그네를 만들겠다고 마음먹었던 그 나무를 가지고 정말로 그네를 만드는 목수의 손은 신이 났다. 걸터앉을 자리를 둥글게 펴고, 표면을 다듬고, 구멍을 푹 뚫어 줄을 달았다. 하얀 면사 수백 올을 꼬아 만든 굵고 부드러운 줄이 아이 손을 아프게 할 것 같진 않았다. 다락 난간에 단단히 줄을 매자 마침내 거실과 부엌 사이 알맞은 빈자리에 그네가 늘어뜨려졌다.

그네는 우리 집의 명물이 되었다. 동네 아이들이 그네를 타려고 찾아왔다. 앉아 타고 서서 타고 둘이 타고. 규칙이 생겼다. 서서 탈 때 발 구르기 없음. 둘이 합쳐 40킬로그램 안 넘는 사람만 같이 탈 수 있음. 옆으로 탈 때 벽에 절대 부딪치기 없음! 아이들은 할 일 없이 그네에 앉아 흔들리는 것만으로도 재미를 느끼는 모양이었다. 괜스레 찾아와서는 그네에 앉아 얘기를 나누고 그네에 앉아 간식을 먹고 할 일이 없으면 그저 그네에 앉아 시간을 보냈다. 목수가 살짝 다듬은 나무의 등걸은 편안했다. 그 위에서 아이들은 순수하게 만족했고 지켜보는 내 마음도 평화로웠다.

그러던 어느 날 내가 혁혁히 그네 덕을 보는 날이 찾아왔다. 껌딱지라는 별명이 아깝지 않게 종일 엄마 주변을 빙빙 돌고 달

그네, 그물망, 해먹.

아이들이란

매달려 흔들리는 걸

좋아하는 존재.

라붙어 있는 우리 딸이었다. 오죽하면 목수가 집에 없을 땐 혼자 설거지도 못 할 정도였다. 모녀동체, 아이와 거의 한 몸이다시피 살아온 만 이 년. 그런 내게 그네가 자유를 찾아주었다. 동네 언니 오빠들이 그네 타는 모습을 지켜보던 아이가 어느 날, 유유히 엄마 품을 떠나 혼자 그네 타는 쪽을 택했던 것이다. 엄마야 부엌 일을 하건 말건. 만세! 내게도 이런 날이 오는구나.

그네의 성공에 힘입어 목수는 더 이상 아내의 제지를 받지 않고 이것저것 놀이기구를 만들어 다락 난간 아래 주렁주렁 달아놓을 수 있었다. 대롱거리며 매달려 놀라고 역시 굵은 면사를 엮어 만든 그물망, 해먹으로 쓰라고 달아놓은 이불(!). 그래도 최고 히트작은 그네였다. 그 뒤로 목수는 이렇게 말하기 시작했다.

"딸이 엄마랑 너무 안 떨어져서 제가 그네를 만들었어요. 종일 붙어 있으니 애 엄마가 얼마나 힘들었겠어요. 그나마 설거지라도 하게 된 게 그네 덕분이거든요."

라고. 목에 힘 팍 주면서. 애초에 아내를 위해 그네를 만들었다는 이야기인데. 허허, 목수 아저씨, 나는 알고 있습니다. 사실 이 그네는…….

그러니까 이 그네는 정말 누굴 위해 만들어진 걸까?

시골집에서
에펠탑을 굽다

두 돌을 넘길 무렵 아이와 함께 빵을 굽기 시작했다. 어린 딸의 역할은 엄마가 미리 만들어놓은 반죽 위에서 밀대 굴리기 놀이를 한다든지 타르트 크림에 손가락으로 과일을 있는 힘껏 꾹박아 엄마를 놀라게 한다든지(원래는 가볍게 올려줘야 한다) 하는 정도였지만, 어쨌든 우리는 둘 다 빵 만드는 일을 좋아했다.

처음 집에서 빵을 굽기 시작한 것은 어쩔 수 없는 사정 때문이었다. 요리에 취미가 없는 나로서는 손수 빵을 만들어 먹을 날이 오리라고는 생각하지 못했었다. 대신 사 먹는 빵만큼은 누구보다 좋아했다.

학창시절 내 꿈은 첫째 시골에 사는 것, 둘째 그곳에서 빵집 주인이 되는 것이었다. 교통편이라곤 하루에 서너 번 오가는 시골버스가 전부인 바닷가 마을이라든지 첩첩이 울창한 숲에 둘러싸여 겨울이면 오후 3시에 벌써 땅거미가 지는 산간마을 같은 곳을 찾아다니는 오지 여행을 나는 좋아했다. 사람이 사람을 그리워하는 한적한 고장들이 마음에 꼭 들었다. 하지만 끝없이 펼쳐진 염전을 따라 녹슨 소금창고가 줄지어 있거나 길도 없는 가파른 산을 오르내리며 갖가지 산나물을 구분해 채취하는 일이 주

빵을 좋아하는, 성가족 아닌 빵가족.

그래도 직접 만들어 먹게 된 건

시골살이 덕분이다.

업인 그런 곳에서 내가 무얼 하며 먹고살 수 있을지, 상상 속에서도 막막했다.

그때 눈에 들어온 것이 바로 파리의 명물 에펠탑을 로고로 한 전국 규모의 빵집 체인이었다. 아무리 외진 마을이라도 하루에 몇 번 없는 드문 교통편은 어김없이 그 고장의 번화한 중심인 읍으로 연결되어 있었고, 내 발길이 닿은 대부분 지역의 읍에는 그 빵집의 파란 간판이 걸려 있었다. 됐다, 이걸 하면 시골에서 살 수 있겠구나! 빵집의 발견은 일종의 유레카였다. 그 뒤로 친구들과 재미 삼아 시골살이 계획을 세울 때도 나의 장래희망은 한결같았다.

"난 빵집을 하겠어. 시골에 살면서 빵도 실컷 먹을 수 있다고."

지금 내가 사는 마을은 하루에 열 번도 넘게 읍으로 가는 버스가 있다. 큰길에 면한 버스정류장까지 가려면 굽이진 논밭 사이 길을 이십여 분 걸어 내려가야 한다. 봄과 가을엔 산보 삼아 걷기에 적당한 아름다운 길. 하지만 뙤약볕이 쏟아지는 여름이나 칼바람 에이는 겨울, 주룩주룩 비가 내리는 날에는 사정이 다르다. 게다가 시골살이란 게 원할 때마다 읍에 나가 일을 볼 수 있을 만큼 한가한 것도 아니었다. 집 주위에는 언제나 뿌리째 뽑혀 거름더미에 던져지기를 바라는 마조히즘의 풀들이 가득하고, 재봉상자에는 작업대 모서리에 걸려 찢어진 목수의 바지라든가 고무

줄을 바꿔 넣어야 할 아이의 바지 같은 바느질감이 얼마든지 들어 있다. 예기치 않은 시점에 이웃 밭에서 얻은 열무, 당장 소스라도 만들지 않으면 곧 터져서 못 먹게 될 여름 토마토, 한 번에 일이백 개씩 며칠은 깎아 넣어야 한겨울 주전부리로 요긴하게 쓰일 곶감. 힘든 노동이라고 말할 만한 것들은 아니지만 매일매일 손을 놀려야 할 일들은 끊이지 않는다. 그나마 겨울엔 며칠 걸러 한 번씩 쏟아지는 폭설로 도로에 나서는 일 자체가 어려웠다.

결국 읍은 날씨 좋은 날이나 일주일에 한 번 바느질 모임이 있을 때, 아니면 요행히 이웃의 차를 얻어 탈 수 있을 때에만 가는 특별한 곳이 되고 말았다. 읍내 빵집이 머나먼 딴 세상처럼 느껴졌다. 그제야 결혼 선물로 받은 소형 오븐을 빵 굽는 데 써볼 생각이 났다. 만드는 방법이 비교적 간편한 채식 베이킹 책이 유일한 선생님이었다. 비싼 시럽류는 꿀로, 구하기 힘든 견과류는 호두와 잣으로 대체하며 간단한 과자와 케이크를 굽기 시작했다.

그러다 반값 할인하는 제빵기 광고를 발견한 날, 두 번 생각할 것 없이 바로 구입했다. 자동으로 반죽을 치대어주는 기계가 있다면 식사 대용 발효빵, 즉 식빵을 손쉽게 만들 수 있다. 그렇게만 되면 빵 먹는 일이 진짜 일상이 될 수 있는 기회였다. 배달되어 온 제빵기 상자에는 영어로 된 조리 책자가 함께 들어 있었다. 한눈에 마음에 든 메뉴는 통밀과 물, 소금, 약간의 설탕과 이스트로 간단하게 만드는 식빵이었다. 다섯 개의 재료, 단 세 줄의 조리 방

담백한 프랑스식 식빵,

라즈베리 채식 스콘.

사과 철에 굽는

사과 아몬드 럼 케이크.

법에는 마음을 사로잡는 단순한 아름다움이 있었다. 빵의 이름은 'French styled bread'. 프랑스식 빵이었다. 오랜만에 파리 빵집의 추억이 떠올라 혼자 웃었다.

마침내 빵이 다 구워졌다. 막 조리를 끝낸 음식의 온기. 저절로 콧구멍이 벌름거렸다. 우유와 버터의 진한 냄새를 대신하는 담백한 향이 마음에 들었다. 빵칼로 한 조각을 저몄다. 겉은 딱딱하지만 속은 숭숭 뚫린 구멍이 좀 크긴 해도 촉촉한 감촉이 괜찮았다. 꿀을 바르고 얇게 썬 체더치즈를 올린 뒤 마당으로 나갔다. 채마밭은 좀 전에 내린 비로 깨끗이 씻겨 있었다. 탐색의 눈길로 이 고랑 저 고랑 훑어보다 결국 작고 연한 상추를 두어 장 뜯어 치즈 위에 얹었다. 식욕이 솟구쳤다. 밭고랑에 선 채로 한입 크게 베어 먹었다.

가볍게 이슬비를 털어낸 안개구름이 뒷산 언저리를 느리게 흘러갔다. 갓 구운 빵으로 만든 샌드위치는 신선하고 따뜻하고 맛있었다. 만족스러웠다.

시식 정원,
말하자면 코스 요리

목수의 어린 딸은 따뜻한 빵만큼이나 시고 차가운 음식도 좋아했다. 처음으로 과일을 먹을 수 있는 개월 수가 되었을 때 방울토마토를 접시에 담아주었더니, 시큼한 맛이라 먹을 수 있을까 하는 엄마의 걱정과는 달리 앉은 자리에서 다 먹고 또 한 접시를 먹어 치웠다.

그래서 처음부터 토마토는 우리 마당에 꼭 심어야 할 작물로 꼽혔다. 찰토마토 다섯 주, 방울토마토 다섯 주. 비록 열 주뿐이었지만 마당에서 제일 손이 쉽게 가는 명당자리를 차지했다. 토마토 옆 고랑은 스파게티와 피자 따위의 소스를 만들 때 양념으로 요긴하게 쓰이는 바질과 펜넬 밭이었다. 앞 고랑은 상추, 쑥갓, 근대 등의 잎채소, 그 옆의 꽃밭에는 연분홍의 낮달맞이, 진초록의 잎사귀를 배경으로 단정한 하얀 꽃잎이 별처럼 박히는 어성초, 아침에 환한 얼굴을 보였다가 저녁이면 벌써 한 장 두 장 얇은 꽃잎을 떨구기 시작하는 살구 빛의 개양귀비가 뒤섞여 피었다.

마당 뒤편에는 작은 아이 두어 명이 쪼그리고 앉아 놀 만한 맨땅을 둥글게 남겨두고 구석에 앵두나무를 심었다. 오일장에서 한 그루에 오천 원씩 두 그루를 사 온 것이었다. 길쭉한 가지

앵두, 토마토, 개똥수박.

아이에게 최고의 정원은

'먹고 싶은 정원'이었다.

몇 개 달린 앙상한 작대기를 야트막한 구덩이에 꽂아 넣을 때까지도 반신반의했다. 아무 말 없이 몇 주가 지난 어느 날, 드디어 연분홍의 앵두꽃이 터져 나오기 시작했다. 만개의 절정을 지나 꽃잎이 시들어갈 무렵, 빗살무늬가 또렷이 새겨진 작은 이파리들이 빈자리마다 돋아나고 텅 빈 듯했던 꽃받침이 부풀어 오르며 단단한 열매로 맺혔다. 마침내 초여름이 찾아오자 단단했던 열매는 물기가 차올라 부드러워지고 영롱한 붉은색의 앵두가 되었다.

말하자면 코스 요리였다. 아침에 일어나 눈을 비비며 마당으로 나간다. 그녀에겐 신발도 거추장스럽다. 자그마한 맨발, 동그란 배가 톡 튀어나온 내복 바람. 약간 비틀거리는 걸음으로 주저 없이 토마토 밭으로 향한 아이는 커다란 찰토마토 하나를 뚝 따 쪽쪽 빨고 우적우적 씹는다. 한 알, 때로는 두 알. 내친 김에 방울토마토도 몇 개. 얼굴과 윗도리는 이미 토마토 범벅이다.

잠시 뒤 아이는 바질 밭에 앉아 있다. 생으로 따먹기엔 이파리가 좀 쌉쌀할 텐데? 쪼그리고 앉아 무언가 섬세한 수작업을 시작한다. 가느다란 엄지와 검지를 집게 모양으로 내밀어 천천히 뚝, 따서 입 속에 집어넣는 저것은…… 까마중이다. 심지도 않았는데 바질 밭에 저절로 난 까마중은 작은 구슬처럼 매달려 하나씩 따먹는 재미가 있는데다 맛 또한 달콤했다. 그게 먹는 열매라는 건 아마 동네 아이들이 알려주었지 싶다. 나는 본 적도 들은 적도 없는 풀이었으니까.

그다음 차례는 내 기준으론 과연 먹을 수 있을까 싶은 풀이었다. 밭 사이 돌 틈에 귀엽게 머리를 내민 시금쟁이의 노란 꽃잎. 소녀는 꽃잎을 똑 따 잘근잘근 씹는다.

"마시따."

그래? 따라 먹어보니 그저 시큼 찝찌레한 맛. 괭이밥을 왜 시금쟁이라 부르는지 단박에 이해가 갔다. 언젠가 동네 언니들이 먹는 걸 보고 따라 먹기 시작한 뒤로 딸 입맛에는 잘 맞는지 마을 길을 걷다가도 괭이밥만 보면 한참 주저앉아 따먹곤 했다. 괭이밥 말고도 아이가 좋아하는 꽃은 또 있었다. 봄부터 가을까지 달콤한 꿀이 든 꽃을 피워내는 샐비어, 일명 사루비아. 화단에 자리 잡은 샐비어 몇 그루는 조찬 뷔페 때보다는 오후 산책길에 간식으로 따먹는 게 보통이었다. 산책하러 나가는 김에 따먹기 딱 좋은 자리에 피어 있었기 때문이다.

손바닥만 한 마당을 한 바퀴 훑는 조찬 일정에서 앵두나무는 작전상 건너뛰어야 할 때도 있었다. 배가 너무 불러 아무것도 먹을 수 없게 되기 전 반드시 거쳐야 할 코스가 있기 때문이다. 바로 옆집과의 경계에 새로 만든 딸기밭이었다. 내내 비어 있던 척박한 땅을 일궈 만든 딸기밭은 아무리 퇴비를 넣고 갈아주었다 한들 양분이 충분치 않은 모양이었다. 보통 노지에선 사오월에 한창인 딸기가 우리 집은 오월 이후 늦되게 열리고 알도 엄지손가

1 시큼한 시금쟁이.

2 스트로^{straw}를 깔아 키우는 스트로베리.

3 주홍색 개양귀비와 연분홍의 낮달맞이.

락 한 마디만 했다. 딸에겐 딱 한입거리였다. 달기도 하고 시기도 한 알쏭달쏭한 맛. 그래도 총평은 '끝내준다'였다. 깔아놓은 지푸라기 위에 촉촉한 아침이슬을 달고 앉은 딸기의 신선한 맛을 무엇에 비기랴.

처음엔 맨땅에 달린 딸기를 따먹다가 이웃의 충고를 받고 촘촘히 짚을 깔아주었더니 더 신선하고 깨끗한 열매를 먹을 수 있었다. 땅과 접촉하면 쉽게 상하기 때문에 짚straw을 깔아 키우는 베리. 그래서 딸기가 스트로베리strawberry로구나! 직접 키워보고 아는 것에는 생생한 재미가 있었다.

마당의 동선은 아이가 쉽게 열매를 따먹고 엄마의 간단한 밭일을 도울 수 있도록 조금씩 조정되었다. 딸의 눈에는 마당이 먹을 것 천지의 냉장고나 마트로 보이는 것 같았다(나중에 진짜 마트에 가보고 까마중보다 더 달콤한 음식도 세상에 있다는 걸 알게 되었지만). 수확물을 향한 열정, 먹고 싶어 흘리는 군침, 그것이야말로 텃밭에 나가 땀을 흘려야 하는 이유였고 정원에서 많은 시간을 즐겁게 보낼 수 있는 비결이었다. 요리에 일자무식인데다 정원과 부엌을 별개의 세계로 생각했던 나는 아주 쉬운 것부터, 마당에서 거둔 채소로 만드는 새로운 요리에 관심을 갖기 시작했다

꼭 먹고 싶은 식물

무얼 심을까? 우연히 본 책에 파종과 개화, 수확 시기가 자세하게 그려진 표가 나와 있기에 쾌재를 부르며 공책에 작물 계획표를 그려보았다. 그러나 현실은 종이 위의 표와는 달랐다. 밭은 여전히 썰렁하고 내가 무슨 일을 해야 할지도 알 수 없었다. 그때, 혼돈의 우주에 찾아온 빅뱅이랄까. 시장에서 우연히 토마토 모종과 마주쳤다. 토마토는 딸이 무척 좋아하는 간식거리이기 때문에 망설임 없이 구입했다. 초창기 우리집 마당에 서 있는 제대로 된 작물은 토마토뿐이었다.

복잡한 계획과는 아무 상관없이 오로지 딸의 입맛에 맞추기 위한 선택. 이것은 멋진 시작이었다. 토마토는 놀랄 만큼 빠르게 꽃을 피웠고(모종을 심자마자 거의 바로) 얼마 뒤 조그만 초록색 열매를 매달았다. 토마토의 성장과 변화에 딸의 관심이 집중됐다. "토마토는 무슨 색일 때 먹을까?" "빨간색!" 덜 익은 파란 토마토를 따먹으려는 딸의 손을 잡고 매일같이 주문을 외웠다. 토마토 기르기는 특별한 재주가 필요 없었다. 다만 가지 사이에 나오는 곁순을 제때에 따줘야 줄기가 실해지면서 열매가 잘 달리므로 자주 살펴보는 게 중요했다. 우리에겐 식은 죽 먹기였다. 하루에도 몇 번씩 엄마 손을 잡고 토마토밭으로 달려가는 딸이 있었으니까. 꼭 먹고 싶은 작물을 심으면 저절로 부지런해진다.

일단 토마토를 심자 마당에는 그 밭의 '옆'과 '앞'이 생겼다. 이른바 구획이라는

마당의 중심, 토마토.

것이 생긴 거다. 세포가 분열되어 복잡
한 생명현상으로 발전하듯 구획이 나눠
지면서 중심과 주변이 생기고 마당은 생
기를 띠며 가족의 생활과 연결되기 시작
했다.

중심과 주변

토마토밭은 마당의 중심이 되었다. 그렇다고 토마토밭이 마당 한가운데에 있는 것도 아니고 집에서 가장 가까운 화단도 아니었다. 앞마당으로 몇 걸음 걸어 나가 옆집과의 경계에 면한, 일부러 약간 구석진 자리에 토마토를 심었다. '먹고 싶으면 걸으라'는 뜻이었다. 딸은 토마토를 먹기 위해 아침마다 서슴지 않고 바깥으로 걸어 나갔다. 좋아, 내침 김에 마당 한 바퀴 돌아라. 토마토 옆에 까마중, 그 옆에 시금쟁이와 달콤한 샐비어꽃, 조금 멀리엔 끝내주게 맛있는 딸기! 대개는 양말도 신지 않은 맨발이었지만 상관없었다. 앞마당은 아이의 동선을 유도하는 맛있는 (딸 입맛에 맞는) 풀과 열매로 채워졌다.

　이렇듯 마당에서 중심을 잡을 땐 목적이 중요했다. 화단의 목적은 어린 딸의 식성과 호기심 충족, 주부인 나에게 매일의 부식거리를 제공하는 것이었다. 작물이 심겨진 순서는 바로 내가 부엌에서 자주 이용하는 채소의 순서였다. 거실문을 열고 나가면 자주 솎아서 나물을 무치거나 찌개에 넣는 잎채소. 그 옆에는 식구들이 좋아하는 가지, 오이, 파프리카. 벌레들이 향을 싫어해서 가까이 오지 않는 들깨는 채소밭 가장자리에 방충효과를 위해 둘러주고, 자주 먹기는 하지만 월동을 하기 때문에 사계절 같은 자리를 지켜야 하는 부추밭이 그다음 자리였다. 한번 심은 뒤에 이따금 상태를 봐주기만 하면 되는 콩류와 호박, 옥수수 따위는 가장 먼 밭에 자리 잡았다.

나에게 중요한 또 하나의 목적은 재미와 아름다움이었다. 밭과 밭 사이 곳곳에 꽃을 심었다. 호미질하며 지루해하지 말라는 나를 위한 배려였다. 꽃 자체만이 아니라 거기에 찾아온 벌과 나비의 날갯짓 소리를 듣는 일도 고요한 한낮의 큰 기쁨이었다. 자주색 잎이 매력적인 차조기도 일부러 여기저기 화단과 작물 사이에 씨를 뿌렸다. 여름부터 늦가을까지 붉은 차조기 잎과 황금색의 메리골드 꽃이 어울려 탄성을 자아냈다.

식물을 배치하는 목적과 이유는 지극히 개인적이어도 좋다. 자기만의 사정에 따라 중심과 주변을 자유롭게 구획하는 정원 일은 예술활동 못지않게 창의적인 즐거움을 주었다.

자줏빛 잎의 포인트, 차조기.

주어지는 대로

우리 집 마당의 진짜 정체는 '실험 정원'이었다. 어떤 시기엔 운이 좋아 그야말로 천국처럼 아름다웠고, 잘못해서 식물이 죽거나 성장이 영 시원찮을 땐 썰렁하고 지저분해 보이기도 했다. 무얼 심든 처음이었기 때문에 다 실험이었다. 작은 마당이므로 대단히 복잡하고 어려운 건 없었다. 다만 겪어봐야 아는 세계일 뿐이었다.

나는 점차 조금씩 계획을 포기하고 우연을 받아들이기 시작했다. 월동 완두콩은 친정어머니가 심으셨다. '빈 밭에 그거라도 있어서 다행'이라고 생각하기로 했다. 완두콩에 거름을 주고 지주를 세우고 마침내 풋콩을 따서 밥을 지어 먹으니 꿀맛이었다. 다 따지 않고 꼬투리 일부를 남겼다. 해마다 심어 먹을 충분한

이유(맛있다!)가 있었으니까.

마늘은 농사짓는 시부모님께 얻어먹는 육쪽마늘이 우연히 몇 톨 남았기에 심어봤다. 이웃들이 마늘 밭을 가는 걸 보고 따라한 것이었다. 양파도 비슷했다. 모종 사러 가는 옆집 어르신과 마주치기 전까지 양파를 심겠다는 생각은 내 머릿속에 조금도 없었다. 결과적으로 다음 해 봄에는 양파 5백 개, 몇 달은 두고 먹을 만큼의 충분한 햇마늘을 거뒀다. 지켜보던 목수가 깔깔 웃으며 놀릴 정도로 알은 작았지만("양파가 마늘만 하네?") 내가 먹어본 것 중 가장 달고 신선한 양파, 끝내주게 알싸하고 향긋한 마늘이었다.

우연히 받아들인 식물의 목록은 길었다. 해바라기는 화단 한쪽에 버린 씨에서

우연히 자라난
갓, 해바라기,
양파.

요행히 싹이 올라와 우연히 길러보았고, 갓도 비슷했다. 뜻하지 않게 싹을 틔우고 밟고 다니는 길에서도 싱싱하게 커가는 것이 대견해서 꽃삽으로 떠 밭에 옮겼다. 금방 씨가 맺힐 줄 알고 내버려둔 갓은 뜻밖에 월동을 하고 이듬해 4월 꽃대를 올려 유채꽃같이 풍성한 노란 꽃을 피웠고 그 뒤로 우리 집의 중요한 조경식물이 되었다.

주어지는 대로 받아들여야 하는 상황이 나는 싫지 않았다. 어른이 된 후 처음이 아니었을까? 촘촘한 통제의 그물로부터 나 자신을 놓아준 것이. 그저 되어가는 대로 둔다는 것은 대단한 자유였다. 나의 뜻대로 되지 않을, 나 역시 그럴 의도가 별로 없는, 자연의 섭리로 돌아가는 정원. 그곳을 지배하는 사계절의 리듬이 편안했다.

정원 한쪽에 아이를 위한 자리를 만들어주었다.

우리 집 정원의 목적은

맛있는 정원, 아름다운 정원,

그리고 노는 정원이다.

손바느질,
무한반복의 쾌감

재봉틀로 삼십 분이면 될 것을 손으로 세 시간 삼십 분이나 낑낑거려 만든다면 명백히 비효율이다. 그러나 사람 마음이란 게 속사포 같은 고속도로를 두고 국도로 빙빙 돌고 싶을 때가 있다.

어느 날 낡은 베갯잇을 갈기 위해 바느질 자리에 앉았을 때 마침 재봉틀이 잘 돌아가지 않았다. 바늘이 잘 움직이지 않을 정도로 뻑뻑해 기름이 부족한가 싶어 실이 감기고 움직이는 부위마다 재봉틀용 기름을 둘렀다. 기름이 충분히 스며들어 바늘이 부드럽게 움직이려면 하루 저녁 기다려야 한다. 하지만 베갯잇으로 점찍은 내 맘에 꼭 드는 천이 벌써 택배로 도착해 있었다. 선 세탁을 마치고(방적과 유통 과정에서 묻은 먼지를 털어내고 천의 성질에 따라 미리 수축이 일어나도록 하기 위해 새 천은 재봉 전 미리 빨아둔다) 물기가 마른 빳빳한 천을 눈앞에 두고 있자니 마음이 들떴다. 어서 만들고 싶어! 결국 재봉틀을 밀쳐두고 반짇고리를 열어 손바늘을 잡았다.

하룻밤이 지나고 재봉틀의 바늘은 도로 부드러워졌지만 나는 손에 잡은 일감을 놓지 않고 사흘에 걸쳐 베갯잇 세 개를 완성했다. 하루에 하나씩. 생산성은 형편없었지만 만들어야 할 것은 어차피 베갯잇 세 장 뿐인걸. 마침 재봉틀이 고장 나준 덕분에 나의 바느질은 효율을 따지는 업무에서 가족의 잠자리를 마련하는 따뜻한 일상으로 변했다.

손바느질의 정수는 단순함에 있다. 바늘, 핀, 가위, 실, 초크, 그리고 꿰매야 할 천. 필요한 것은 그것뿐이다. 작은 주머니에 넣어 어디든 지니고 다닐 수 있다. 대단한 기술이 필요한 것도 아니다. 사실 바느질에 필요한 기술이란 단순한 동작의 무한반복에 불과하다. 꿰고 찔러 넣고 반대편에서 뽑아내는 동일한 움직임. 천 번 혹은 만 번쯤? '만 번'이라고 하면 '죽을 때까지 똑같은 일' 혹은 '지겨움'과 동의어로 느껴질 수도 있다. 그럼에도 불구하고 이 반복의 무한행렬이 지루하지 않은 것은 왜일까. 지루하다니 그럴 리가. 바느질이 선사하는 강렬한 몰입과 가슴 짜릿한 즐거움은 한 번 경험한 사람은 잊을 수 없는, 그야말로 몸의 세포들이 기억하는 쾌감이다.

바느질의 흥미진진함과 비교할 만한 대상으로 나는 먼 우주를 수놓는 별들의 움직임을 떠올리곤 한다. 별의 궤도가 지니는 가치라는 것은 매번 새롭고 기발하고 독창적이기 때문에 소중한 것이 아니다. 별들이 매번 새로운 방향으로 움직인다 한들 우주가 지금보다 더 찬란하게 아름다울 것 같지는 않다. 행성들은 처음 자신의 모성을 돌기 시작한 수십억 년 전의 바로 그 움직임을 지금도 반복하고 있다. 매일 같은 방향에서 주기적인 시간 간격을 두고 떠오르는 아침 해의 빛을 보라. 거기에는 확실히 단순하고 묵직한 멜로디가 있다. 그 빛을 받으며 마당에 서 있노라면 마음속에 어떤 소리가 들려오는 것 같다.

'살아라. 괜찮다.'

나는 그렇게 들었다. 메시지는 사람마다 다르겠지만.

베갯잇을 만드는 사흘 동안 무척 즐거웠다. 특히 안쪽 면이 단단하고 깔끔하게 마무리되었을 때 기뻤다. 필요한 기술은 기본적인 박음질과 감침질뿐이었다. 박음질이 제대로 단단하게 되었는지, 귀찮다고 감침질을 빼놓지는 않았는지. 그런 사소한 것들이 분명히 다 이루어졌을 때 뿌듯한 성취감을 맛보았다. 아무래도 손바느질은 기계 재봉의 튼튼한 직선박기에 못 미친다고 생각해왔기 때문에 이번엔 한 땀 한 땀 제대로 장력을 주어 실을 당겼다. 식구들의 베개가 무슨 대단한 작품이라서가 아니라 단지 제대로 된 바느질을 하고 싶었다.

천에는 세 마리의 동물이 그려져 있었다. 늠름한 뿔을 가진 수사슴은 목수의 베개, 여우는 나, 토끼는 딸아이 몫이었다. 나는 동물이 좋았다. 늦은 밤 남편이 모는 짐차의 조수석에 앉았다

가 어두운 시골길 모퉁이에서 마주치는 너구리, 고라니, 족제비. 태어난 그대로 야생의 보금자리에서 살아가는 그들이 좋았다. 베개를 완성한 날 세 식구가 나란히 동물 베개를 베고 잠이 들었다. 분홍 토끼는 당장 딸의 사랑을 차지했고 기분 탓인지 나도 평소보다 잠이 더 잘 오는 것 같은데 남편만은 물어보아도 별 대꾸가 없었다. 대답 대신 '아—암' 기지개만 길게 켰다. 사람 참.

모시를
왜 이빨로 쥐뜯는지 알어?

1

목수를 만나기 전, 시골에 살기 위해 어렵게 구한 직장은 농촌마을 컨설팅 회사였다. 주민 주도로 이루어지는 마을 개발 사업의 청사진을 정리하고 실행을 돕는 것이 직원들의 주 임무였다.

신입사원인 나의 소임은 베테랑 선배를 보조해 마을을 오가며 주민들과 만나는 것이었다. 농촌지역 주민들의 코드는 태평함이었다. 시간이라면 마땅히 분 단위로 쪼개 써야 하는 줄로만 알던 내게 시골의 집단적 태평함은 충격으로 다가왔다. 사무실을 찾는 분들은 내 기준으로 보자면 '아무 때'나 들이닥쳤다. 처음에는 누구도 전화 예약을 하지 않고 불쑥 찾아오는 것에 놀랐다. 손님이 찾아올 때마다 업무 중지. 재면담 약속을 잡아야 하는 상황에선,

"그럼 다음 주에 올께유."

"다음 주…… 월요일이 괜찮으신가요?"

"그건 그때 가봐야 알고. 아무튼 한 번 들르겠슈."

혹은

"내일 오후에 오지 뭐어."

"오후…… 2시쯤 어떠세요?"

"그건 모르고. 왔다 갔다 하다가 때 되면 들르는 겅께."

이런 식이었다. 이곳의 시계는 열두 칸이 아니었다. 세 칸이나 네 칸뿐이었다. 사람들은 그냥 대략 언제쯤 약속을 잡고 신기하게도 정말 그냥 그때쯤 서로 만났다. 어떻게 그럴 수가 있지? 그래도 일이 되나? 그런 식으로 일이 되는지 어떤지는 여전히 미궁이었지만 시간이 흐를수록 우리 사무실의 벽시계도 점차 말수가 적어졌다. 시간을 주장하지 않는 시계의 움직임에 직원들도 조금씩 적응해가는 듯했다. 손님들은 끊임없이 찾아왔고, 아무 때나 찾아왔고, 약속 없이 찾아왔다. 그리고 어느 날부터인가 일이 돌아가기 시작했다. 큰 차질이 없었다. 신기하군!

모시 짓는 분들과 처음 만났을 때 내 손목의 시계는 이미 헐렁하게 이가 빠져 있었다. 마을 사업에 관한 주민 의견을 청취하기 위해 (시간약속 없이) 마을을 찾아가 집집을 순례했다. 내 역할은 사업에 관한 의견을 듣고 기록하는 것이었다. 그리고 줄줄이 이어 나올 주민들의 희로애락의 역사를 적당히 흡수하고 적당히 흘려보내는 것이기도 했다. 마을 사업을 대하는 주민들의 심드렁한, 때로 밭매고 약 치는 일보다도 홀대하는 태도 역시 이제는 낯설지 않았다. 주민들에게 마을 사업이라는 것은, 한평생을 살아온 작은 동리에서 매일 마주치는 똑같은 사람들과 어울려 어제와 크게 다르지 않은 오늘의 일상을 채우는 하나의 작은 조각일 뿐이었다.

2

설문지를 들고 찾아간 곳은 한산모시로 잘 알려진 한산면 인근의 마을이었다. 한산은 모시의 고을답게 일대에 모시를 재배하거나 섬유를 뽑고 천을 짜는 기술을 가진 주민들이 많았다. 특히 모시 천을 직접 만드는 공정은 전형적인 가내수공업 형태였는데, 이 과정에 참여하는 이들은 모두가 여성에 고령이었고 대개 어린 시절 어머니나 친척 어른으로부터 배워 익힌 기술로 평생 벌이를 해온 분들이었다. 마을 주민의 대부분이 모시에 관한 기술을 보유하고 있었기 때문에 마을 사업을 추진하기 위해 사전 조사가 필요했다. '모시방'이라 불리는 어느 집 방 한 칸에 모시하는 이들이 모인다는 말을 듣고 찾아갔다.

똑똑. 계세요?

신발이 쌓여 있는 문 앞에서 잠시 뜸을 들인 나는 두런두런 이야기 소리가 새어 나오는 방문을 살짝 열었다. 방 안은 약간 어둑했다. 할머니들이 가느다란 실을 손에 걸고 한쪽 끝을 입에 물고 있었다. 서두르는 기색은 없었지만 쉼 없이 이어지는 동작. 그제야 할머니들 무릎 앞에 수북이 쌓인 마른 지푸라기 더미 같은 것이 눈에 띄었다.

안녕하세요.

누구여? 어, 조산가 뭔가 하러 다닌다는 젊은 사람들이로구먼. 와서 앉어.

지난번 방문 때 뵌 어르신이 알은체를 해주셨다. 모인 분들의 인적사항을 기록했다. 성함, 연령, 번지수, 모시 경력. 43년, 35년, 65년. 육십오 년? 열두 살에 시작해서 지금 일흔일곱이니까…… 맞네, 모시 경력 육십오 년. 비현실적으로 느껴지는 숫자에 나도 모르게 웃음이 났다.

뭐하시는 거예요?

으응, 모시혀.

시골 분들의 또 한 가지 특징은 전체를 세분해 말하지 않는다는 것이다. 모시 일은 복잡한 여러 과정으로 이루어진다. 할머니들은 저마다 입술에 가느다란 풀 가닥을 걸고 있었다. 이게 무엇인지? 한 번 더 여쭙고 답을 들었다.

나는 째고, 저이는 삼고.

수북한 풀 더미는 지푸라기가 아니라 모시풀의 껍질을 길게 벗겨내고 잘 말린 태모시였다. 태모시는 아직 실이 아닌 풀이다. 공기가 건조한 곳에서는 섬유질이 말라 쉽게 끊어져버리기 때문에 적당히 습기를 유지하는 것이 중요하므로 컴컴한 방에 물그릇을 받아놓고 한여름에도 방문마저 꼭 닫고 작업을 이어간다. 이 태모시가 옷감을 짤 만한 실로 태어나려면 먼저 말린 모시풀 섬

모시풀의 껍질을 벗겨 말리는

태모시.

유를 가늘게 찢은 뒤, 짧은 섬유를 길게 이어 붙이고, 풀을 먹여 매끈하게 다듬는 과정이 이어져야 했다. 베를 짜는 일만 어려운 게 아니라 그전에 실을 만드는 것부터가 난이도 높은 작업이었다. 가늘게 찢는 것을 '째기'라 하고 길게 이어 실로 만드는 것을 '삼기'라 한다. 지금 이 모시방에서 이루어지는 작업이 바로 그 두 가지였다.

모시 일을 마을 사업에 적용하기 위해 주민들에게 던져야 할 질문을 미리 준비해 왔다. 첫째, 앞으로도 계속 모시 일을 하기 원하십니까? 이유는?

암만, 당연허지. 제값 받고 내다 팔 길만 확실히 있다믄야 이 좋은 걸 왜 안 혀. 이걸루 입때껏 자식들 공부시키고 시집장가 보냈는디.

모시로 벌어들인 수입의 규모는 저마다 달라도 '다만 용돈이라도 벌어주는 효자 일'이니 앞으로도 계속하고 싶다는 점에는 이견이 없었다. 호호백발의 아낙들이 처음 기술을 익혔던 반세기 전 한산장의 모시는 지금보다 값이 좋았다. 째고 삼고 베까지 짤 줄 아는 이라면 여자 혼자 힘으로도 능히 식구 줄줄이 달린 한 집안의 돈줄을 건사할 만했다.

그때만큼은 못하지만 사정은 지금도 비슷하다. 농약 값, 비료 값, 비닐 값 빼면 남는 것도 별로 없는 농사가 벌이의 전부인 시골에서 모시쪽만 찢고 이을 줄 알면 그래도 얼마간의 부수입을 올릴 수 있었다. 문제는 판로였다. 새벽장에 모시굿(가늘게 짼 섬유 뭉치) 다발 차려놓고 오도카니 앉아 팔리기만 기다리는 입장이었다. 이제는 칠순, 팔순의 노인네가 되어 버스 잡아타고 장에 나서는 일도 쉽지 않은데…… 장은커녕 한동네 모시방에라도 갈라치면 오르락내리락 꼬부라 터진 길 때문에 비 오거나 살얼음이라도 끼는 날엔 걸음을 아껴야 할 형편인데…….

두 번째, 마을 사업으로 모시에 보탬이 됐으면 하는 점은?

내다 팔기 쉽게 해주고 적당히 값 받아주고, 그게 젤이지. 아, 왜 그 말은 안 혀? 뭔 말? 기름 값. 어 그려. 여기는 겨울에도 이 방 하나 꼭 차게 모여서 모시를 허니께 그때 바닥 불이나 때게 기름 값 쪼매 대준다면은 더 좋겠지.

본론이 끝나고 이것저것 곁다리로 몇 가지 질문이 나가고 우리는 잠시 모시방에 머물렀다. 어머니들은 자기들끼리 하는 얘긴지 우리들 들으라는 얘긴지 두런두런, 모시쪽을 입에 무느라 짤막하게 한 도막씩 말을 보탰다.

근디, 언제는 우리가 방 찹다고 이거 못 했간디? 모시 땜에 젤로 어려운 것은 그런 것이 아니라 몸이 축난다는 게지. 헷바닥. 이거 해서는 헷바닥이고 입술이고 간에 성할 수가 없응께. 차암, 소싯적 생각을 하믄은.

그녀들의 말에는 '정말', '너무' 따위 강조의 부사가 섞여들지 않았다. 그들은 강조하고 싶은 생각이 없었다. 그냥, 가끔씩 고개를 흔들었다.

이 풀이 참 징혀. 입술에 물고 댕기다보믄 살이 닳고 찢어져.

목소리가 낮아졌다. 별로 크게 떠들 일은 아니라는 듯.

피딱지가 앉지. 땡땡 부르터. 그 자리에 또 대고 물어야지. 워쩌겠어. 그르케 하믄서 굳은살이 백이는 거여. 입술에. 왜 태모시를 이빨로 쥐뜯는지 알어? 사람 이빨이 아니믄 질기디질긴 이 풀이 요렇게 가느다란 실 모양으로 뜯어지지를 않어. 그래서 그랴. 모시하는 사람 중에 입술 안 터지고 이빨 성한 사람 있나 물어봐. 없어. 그게 모시라는 겨. 그래서 힘들다는 겨. 그래서 우리 엄니가 나만은 이거를 안 배워줄라고 했던 겨.

3

조사원으로 마을을 돌던 몇 년 뒤, 한산모시는 유네스코 인류문화유산으로 지정됐다. 기계로 대체되지 않는 인류 고유의 문명이자 지역 고유의 문화라는 점을 인정받았다. 회사는 마을 사업 보고서를 작성해 제출했다. 마을의 자원, 주민들의 경제활동과 생활상, 그리고 사업의 주제와 청사진이 담겼다. 모시방 여인들의 이야기는 '두 가지 주요 질문'에 대한 설문조사 결과로 보고서에 실렸다. 보고서의 창백한 어조는 할머니들이 들려준 마지막 이야기까지 담지는 못했다.

모시는 조용한 전투였다. 오늘도 갈라진 입술에 마른풀을 대 쪼개고 시린 이빨로 간신히 밥술이나 씹어 넘기는 수밖에 달리 하루를 보낼 방법이 없다는 전투. 산다는 게 그저 어제와 비슷한 쳇바퀴를 오늘도 한 번 더 굴리는 것이지 그보다 꼭 더 특별하지 않아도 좋다는 다독임. 대물림으로 내려오는 모시 일이란 것이 무언가 더 고상한 목적을 위한 의식 같은 것이 아니라 그저 생계와 생활의 도구이자 묵직한 무게라는 사실이 내게는 위안을 주었다. 모시 올의 찬란한 아름다움 앞에 주눅 드는 일만은 면할 수 있었다. 모시도 사람이 하는 일이니까.

4

목수를 만난 뒤 귀하고 좋은 물건을 보면 '이건 어찌 만드나, 한번 배워볼까' 궁리하는 버릇이 생겼다. 그러나 모시만은 한 번도 그렇게 생각해본 적이 없다. 나는 그 어려운 과정을 감내할 깜냥이 안 된다. 목수가 오방색의 한산세모시 조각을 가져다주었을 때 작은 조각들을 오리고 이어 붙여 발을 만들어보았을 뿐이다. 우리 집 현관에 걸린 오방색—현관이 어두워질까 봐 검정은 뺀—의 발이 그 작품이다.

작은 조각을 이어 붙이며 끝없이 손을 놀리는 재미를 어디에 비하랴. 만삭의 몸으로 대형 조각보를 이을 때도 어려움보다는 재미가 더 컸었다. 거의 어른 키와 맞먹는 폭의 커다란 정사각 조각보. 한 판, 두 판, 세 판……. 작은 판을 완성해 다시 판끼리 이

어 붙이면 전체 그림이 나왔다. 마지막 한 판을 남겨두고, 이미 출산 예정일이 넘어 있던 나는 이슬을 보았다. 다급히 목수를 불러 조산원으로 향하며 조각보 바구니를 친정어머니께 맡겼더랬다.

며칠 뒤 갓 태어난 아이를 품에 안고 돌아왔을 때 창에는 어머니의 손으로 완성된 커다란 모시 조각보가 걸려 있었다. 산모는 무척 피로했다. 내주는 밥을 먹고 펴주는 자리에 누워 젖먹이와 함께 자고 깨고 또 잤다. 눈을 뜨면 노랑, 파랑, 분홍의 모시 올들이 한낮의 뜨거운 빛을 달래고 있었다. 배 속에 아이를 안은 채 무수히 접고 갈랐던 시접들이 아름다운 무늬로 모녀의 깊은 잠을 위로했다.

모시의 아름다움은 나같이 평범한 사람의 손길도 마다하지 않았다. 고마웠다. 누구에게 무엇을 고마워해야 하는지도 모르는 채, 그저 고마웠다.

처음 만든 현관의
세모시 조각보.

그리고
새가 있었다

시골이라도 읍과 리는 다르다. 읍의 생활은 도시와 비슷하다. 부부는 직장에서 하루를 보내고 아이는 학원에서 밤을 맞는다. 조금만 걸어 나가면 지천에 뜯어 먹을 나물이 돋아나도 읍 사람들은 마트에서 팩에 든 나물을 사 먹는다. 나물 같은 걸 뜯으러 다닐 시간이 없기 때문이다. 내가 어디 마을에 산다고 하면 읍 사람들은 "하이고, 웬양 시골 사네!" 한다. 이곳의 기준으로 볼 때 읍은 도시, 리가 시골이다.

리는 여러모로 불편하다. 교통편도, 장을 볼 때도, 도서관이나 문화원 같은 지역의 단출한 문화시설을 이용하기에도. 목수와 내가 얻어 살던 집도 처음에는 읍에 있었다. 그래야 편리하다고 다들 말했기 때문이다. 그러나 결국 읍의 살림은 정리할 수밖에 없었다. 읍은 내가 생각했던 시골과 달랐다. 무엇보다 새소리, 그 소리가 없었다. 물론 뒷산에 오르면 참새, 박새, 심지어 오색딱따구리까지 있었지만 산에 올라가야 만날 수 있는 새라면 서울에도 있지 않은가? 나는 좀 더 가까운 곳에서 좀 더 자주 새들과 만나고 싶었다. 그러려면 집 사이에 듬성듬성 선 나무들로는 부족했다. 무성한 숲 사이에 사람 사는 마을이 하나씩 있어야 했다.

열매를 쪼려고 날아온
직박구리.

어느 날 목수에게 말했다.

"새소리를 듣고 싶어."

목수는 더 이상 묻지 않고 시골에 집을 구하기 시작했다.

바라던 소리라 그랬는지 모른다. 내 귀에는 유독 새소리가 잘 들리고 공중에 높이 떠오른 새라도 황조롱이인지 말똥가리인지 어렴풋이 구분이 갈 때까지 시린 눈을 꾹 참을 끈기가 생겼다.

앞산의 아침. 똑또로로로로록. 예의주시하는 신하들 앞에서 황금 수저를 드는 임금님처럼, 딱따구리가 만천하에 자신의 식사시간을 알렸다. 나무껍질을 뚫고 벌레 잡는 소리였다. 구멍 파는 '똑똑' 소리가 메아리를 타고 어찌나 쩌렁쩌렁 흔하게도 울리는지 딱따구리라면 보기 힘든 귀한 새인 줄만 알았던 내 귀가 민망할 정도였다.

밤낮을 가리지 않는 숲 속의 '휘이—' 소리가 호랑지빠귀라는 것은 새 전문가인 친구가 알려주었다. 길게 늘어지는 높고 가느다란 지저귐이 꼭 입술에서 새어 나오는 휘파람 소리 같아 막연히 '휘파람새'인가 생각했었는데 아니었다. 쉬이 끝이 보이지 않게 아련히 이어지는 호랑지빠귀 소리는 한낮에 들으면 옛 추억에 젖게 하는 낭만이 있었지만 한밤중에 들으면 귀신 소리인가 싶어 등골이 오싹했다. "저거 귀신새예요." 동네 꼬마들이 저희들끼리 붙인 이름을 알려주기도 했다.

1   아침마다 '똑또로로로' 큰오색딱따구리.

2   화려한 깃의 후투티.

3   민물 습지에서 처음 본 물총새.

©김정아

'호이 호호 호이오—', 잡목 숲 한가운데를 뚫고 나오는 화려한 벨칸토의 음색은 처음엔 정말 꾀꼬리인 줄만 알았다. 버스 타러 나가는 길가의 작은 잡목림, 그 옆을 지날 때마다 같은 가락이 울려 나왔다. 깜짝 놀라 한 번 더 숲을 들여다볼 정도로 풍부한 성량, 화려한 가락. 아름다운 노래의 대명사라면 으레 꾀꼬리를 떠올리니 나도 그런가 싶었다. 그러나 땡! 답은 두견이였다. 수더분한 갈색 깃털의 통통하지도 날씬하지도 않은 어딘가 촌스런 몸매. 그 두견이의 울음이 저리 아름답다니, 다시 봤다.

옆 동리 숲길을 걷다 후두두 날갯짓 소리에 올려다보니 새 한 마리가 대나무의 빼곡한 가지 사이로 재빨리 사라졌다. 워낙 순식간의 일이었지만 노란 손수건 같은 원색의 깃, 검정 하양의 또렷한 줄무늬만은 분명히 알아봤다. 대략의 크기를 가늠해봤다. 직박구리와 비슷한데 꼬리인지 허리인지 몸체의 뒷부분이 약간 넓어 보였다. 27~28센티미터 가량의 중간 크기, 특징적인 줄무늬. 집에 와 도감을 뒤졌다. 노란색, 줄무늬, 흔치 않은 색과 무늬라 어렵지 않게 찾아낸 그 새는 바로 후투티였다. 빠르게 움직이는 비행 생물의 정체를 단 이 초, 삼 초의 짧은 관찰만으로 추측해낼 수 있었던 것은 모두 도감 덕분이었다. 잠시 스쳐 지나간 새의 모습을 도감을 통해 확인하면서 점차 세부적으로 멱과 뺨, 등과 꼬리를 구분해 관찰하는 눈을 기를 수 있었다.

『야외원색도감 한국의 새』(이우신 외 지음, LG상록재단, 2014)

는 잠들기 전 딸과 함께 자리에 누워 읽는 우리의 단골 책이었다. 『달님 안녕』이나 『강아지 똥』만큼이나 여러 번 읽었다. 딸이 도감을 통해 처음 구분한 새는 백로 종류였다. 마을길을 서성이다 보면 논물에 발을 담그고 선 백로들이 지나가는 모녀의 기척에 홀쩍 날아올라 우아한 날개를 펼친다. 그 모습을 바라보던 딸이 말하길,

"엄마. 중대백로야."

만 세 살 된 아이의 입에서 그런 말이 나오면 픽 웃음이 터지기도 했다. 하지만 정말이지, 매일 보는 새들이라 구분이 절로 갔다. 몸집이 커서 한눈에 알아볼 수 있는 중대백로, 한주먹거리의 작은 몸집이 확연히 구분되는 쇠백로, 그 사이의 중백로, 거무튀튀한 색으로 존재감을 드러내는 왜가리와 나는 모습이 유독 앞뒤로 짤막한 해오라기……

도감을 보며 우리는 아는 울음소리를 흉내 내기도 하고, 처음 보는 새는 책에 쓰인 대로 '쿄잇 쿄잇', '보보보' 같은 음절을 여러 가지 소리로 시도해보기도 했다. 딸은 우리 집 마당에 내려와 앉는 딱새 아빠, 딱새 엄마(딱새는 암·수컷의 색이 다르다), 박새, 곤줄박이, 물까치의 그림도 좋아했지만 뭐니 뭐니 해도 최고는 꿩, 쇠뜸부기사촌, 쇠물닭이었다. 다 자란 새 그림 옆에 조그마한 아기 새 그림이 곁들여져 있었기 때문이다.

산과 바다, 그리고 작은 저수지인 둠벙까지 다양한 지형을

갖추고 있는 서천은 우리 같은 초보도 아무 장비 없이 육안만으로 다양한 새를 관찰하기에 좋은 지역이었다. 바닷가 식당에 들렀다가 우연히 해안의 민물 습지에서 물수제비뜨는 콩알만 한 물총새를 보기도 했다. 밝은 청록색 깃털에 유독 꼬리가 짧은 독특한 몸매라 실물로는 처음 보는데도 어렵지 않게 알아볼 수 있었다. 물 빠진 해수욕장에선 우점종인 갈매기 무리 사이로 부리가 길고 아래로 약간 구부러진 중간 크기의 도요를 볼 수 있었다. 쌍안경이 있었다면 도요의 종류까지도 확인할 수 있었겠지만 잠시 놀러 나온 김에 도요새의 '삑삑' 소리를 들을 수 있다는 사실만으로도 충분히 만족했다.

왜 시골에 삽니까. 어쩌다 묻는 사람을 만나면 그냥 '공기 좋아서요'라고 한다. 그러면 대개 고개를 끄덕인다. 그래요, 공기 참 좋지요 하면서. 시골에 사는 이유는 여러 가지다. 무엇보다 목수의 나무가 시골 숲에서 나온다. 숲에 기대어 어찌어찌 살다보니 이제는 도시의 빠른 속도에 멀미가 난다. 이곳은 맑고, 느리다. 그리고 새가 있다. 새 때문에 산다고는 아무한테도 말하지 않았다. 그런 말을 누가 믿어줄지 모르겠다.

쉬는 남자를 위한
의자

목수는 오래전부터 의자를 하나 만들고 싶어 했다.

"이렇게 만들어 누우면 편할 것 같아."

뚝딱 그려 보여준 그림 속에 통나무를 깎아 만든 의자가 들어 있었다.

"불편하지 않을까? 의자라기보다 속을 파낸 나무 같은데."

목수는 좀 뾰로통해졌다.

"아무렇게나 파내는 게 아니야. 나무의 결을 따라 쳐내는 거라고. 난 이런 게 좋아. 숲 속의 나무 등걸에 눕는 기분일 것 같아."

얼마 뒤 목수는 그림 하나를 더 들고 왔다.

"이건 어때? 여기 두 다리 쭉 뻗고 누우면 얼마나 편할까!"

사실 내 눈엔 그렇게 편해 보이지 않았다. 누우면 목을 눕히지도 못하고 세우지도 못하고 좀 불편할 것 같았다. 하지만 아무 말도 하지 않았다. 당장 만든다는 것도 아닌데 뭐. 굳이 신랄한 의견을 밝힐 필요는 없잖아. 웃으며 고개를 끄덕여 보였다.

어느 날 목수가 흥분된 목소리로 나를 불렀다. 새로 들어온 나무를 보여줄 때마다 그의 목소리는 격앙되곤 한다.

"숲 속에 눕는 기분일 거야!"

"두 다리 쭉 뻗고…… 편하겠지?"

"이걸로 의자를 만들 거야!"

"멋지지!"

활처럼 휜 거대한 나무가 작업실 마당 한쪽에 누워 있었다. 어…… 뭐가? 뭐가 멋지다는 거지? 몸통 전체가 다 휘어 자랐다는 점이 특이하긴 하구먼. 근데 뭐가 이렇게 커? 이거 어디 쓸데나 있나. 나를 바라보는 목수의 두 눈은 반짝거리고 있었다. 뭔가 내 입에서 떨어질 적절한 반응을 기다리는 눈빛이었다. 거짓말은 하고 싶지 않았다. 진실이면서 동시에 목수의 사기를 꺾어놓지 않을 만한 대답이 필요했다. 뇌세포들이 우반구와 좌반구 사이의 좁아터진 통로를 빠르게 오가며 간신히 궁여지책을 찾아냈다.

"와우."

대답을 들은 목수는, 딱히 성에 차진 않으나 간신히 허기만은 다스린 굶주린 사자처럼 다시 나무로 시선을 돌렸다.

"이걸로 의자를 만들 거야!"

의자? 까맣게 잊어버리고 있었다. 그래, 의자를 만들고 싶어했었지. 대체 그게 언제 일이야. 기억도 가물가물했다.

"의자를 만들어서 집에 갖다놓을 거야."

"뭐? 농담이지? 저렇게 큰 의자를 어디다 놓으려고. 코딱지만한 집에 뭘 갖다놓겠다는 거야. 그네는 애나 타지, 저건 또 뭘."

속사포 발사. 목수는 주춤했다.

"……쉬고 싶어서 그래. 아무 생각 없이 의자에 누워 쉬고 싶단 말이야."

발포를 중지했다. 쉬고 싶다. 목수의 그 말이 내 마음을 후볐다. 휴일도 못 챙기고 밤낮없이 작업에 매달려온 목수. 벌써 몇 년째인가. 그를 보면 외국 속담이 떠올랐다. '일만 하고 놀지 못하는 잭.' 처음 작업실을 열 때는 예상하지 못했던 일의 홍수. 사람들은 노느니 바쁜 게 낫다고 위로했지만 지나치게 일에 매달릴 수밖에 없는 이유가 있었다. 목수는 자신의 기술이 아직 부족하다고 했다. 정당한 값을 받을 수 있을 때까지, 투자와 수익 사이의 빈틈을 노동력으로 채우겠다고 했다. 가구 하나를 완성하는 데 드는 시간은 길었고 일감 생각에 사로잡힌 목수는 마음 놓고 쉴 틈을 찾지 못했다.

"편한 의자에 시체처럼 누워서 텔레비전이나 봤으면 좋겠어."

티브이 시청. 내가 별로 좋아하지 않는 활동 중 하나. 하지만 이번엔 아무 말 하지 않았다.

장마가 끝났다. 푸른 하늘과 흰 구름의 대비가 눈부신 어느 여름날, 목수는 의자를 완성했다. 바쁘게 시일을 다투는 일감들 사이에서 의자 만들기가 숨통을 터주었다. 이름은 '쉬는 남자를 위한 의자'라고 했다. 그는 찬찬히 의자를 보여주었다.

몸체의 활강곡선. 전에 선보였던 활처럼 휜 거대한 나무를 쪼개 몸체의 틀을 짰다. 단단한 참죽으로 성금성금 틀의 내부를 채웠다. 구불구불한 우리 소나무를 대칭으로 갈라 두 개의 다리로 달았다. 길이 2.1미터에 이르는 대형 의자의 하중을 떠받치는 다리인데 땅에 닿는 '발'은 가장자리 네 귀퉁이뿐이었다. 다리의 기다란 선은 공중에 떠 있었다. 그러다보니 의자는 마치 바닥에서 가볍게 떠올라 공중부양한 듯 보였다. 이래도 되나? 튼튼한가?

"다리를 다듬을 때 나무의 결을 거스르지 않았어. 소나무가 자라난 구불구불한 방향 그대로 툭툭 쳐서 모양을 따낸 거야. 그래서 나무가 원래 가지고 있는 탄성이 그대로 살아 있지. 의자에 올라가 눕고 뛰는 정도는 충분히 견뎌."

다리의 끄트머리에 이르자 의자의 곡선은 급격히 위로 치솟았다. 머리를 두고 눕는 부분이었다. 그 아래, 다리와 몸 사이 빈틈에 목수는 팔꿈치를 단단히 고여주었다. 업무 차 전남 담양의 한 마을에 들렀다가 얻은 삼백 년 된 백일홍 나무의 '잔가지'였다. 보호수인 백일홍의 가지를 정리하는 날 우연히 지나가다 얻어왔다고 했다. 얼마나 오래 산 나뭇가지인지는 몰라도 낫과 대패로 슬쩍 다듬어낸 모양이 고졸했다.

목수는 내게 의자에 얹을 방석을 부탁했다. 읍내에 나가 두툼한 목화솜을 주문하고 커버를 만들어 덮었다. 목화솜은 물세탁이 불가하고 때때로 일광에 소독해야 한다는 번거로움이 있다. 그러나 이런저런 솜을 써보니 목화솜과 일반 화학솜은 그야말로 '무게'가 다르다는 것을 알게 되었다. 솜의 중량만 다른 게 아니라

1 몸체의 활강곡선.

2 공중부양한 듯 가볍게 뜬 다리.

3 삼백 년 된 백일홍 가지.

기대어 앉은 사람의 마음을 지긋이 눌러주는 무게, 몸으로 앉아 마음으로 느끼는 안정감이 달랐다. 목화솜은 흡사 사람의 품 같았다. 적당한 무게로 안아 근육을 받쳐주는 안락함. 그렇다고 몸이 파묻힐 정도로 푹신하지는 않아서 오히려 자세를 잡기 편했다. 쉬는 남자를 위한 의자에는 꼭 목화솜을 깔아주고 싶었다. 방석을 깔개처럼 길게 만들어 얹자 비로소 의자가 완성되었다.

이 의자 위에서 목수는 잠깐씩 누워 쉬고 나도 평소에 자지 않던 낮잠을 청해 자기 시작했다. 그러나 누구보다도 이 의자에서 많은 잠을 잔 것은 목수의 딸이었다. 아이는 종종 그 위에서 뒹굴며 놀다 스르르 잠이 들었다. 넉넉히 폭을 잡은 덕분에 어린 딸은 제법 좌우로 굴러다니며 깊은 잠에 빠져들었다. 잠든 아이의 모습은 복잡할 것이 없었다. 그냥 잤다. 땀을 뻘뻘 흘리며, 완전히.

지나치게 바쁜 목수의 생활은 계속되었다. 변화가 필요했다. 그러나 어디서부터 어떻게? 우리는 조곤조곤, 티격태격, 때로 언성을 높여가며 전투적으로 출구를 모색했다. 그리고 한여름의 무더위 속에 의자에 누워 많은 잠을 잤다.

여름은 절정에 달하고 서서히 기울어갔다. 어느 날 마당에 나가보니 석산(상사화와 비슷한 수선화과의 꽃)의 꽃대가 올라오고 있었다. 목백일홍(배롱나무)의 붉은 꽃이 시들어갔다. 아, 끝이로구나. 마치 저절로인 듯 가을이 찾아왔다.

펜넬

펜넬 중에서도 내가 좋아하는 것은 '브론즈 펜넬'이다. 솜털처럼 보송보송한 청회색 이파리로 단박에 눈길을 사로잡는다. 청색과 빛바랜 갈색이 적절히 섞인 기품 있는 색조로 온통 초록 천지인 심심한 여름 정원을 보완해준다.

여느 허브와 마찬가지로 볕이 잘 들고 물이 잘 빠지는 노지에 두는 편이 화분에 심는 것보다 돌보기도 수월하고 건강에도 좋다. 혹한의 겨울은 짚 등으로 덮어 넘길 수 있지만, 장마 뒤 뜨겁고 가문 날이 이어지면 기운을 잃고 말라가므로 물 주기를 잊지 말아야 한다. 독특한 향 때문에 벌레가 접근하지 않아 주의해야 할 병해충은 별로 없다.

펜넬 씨앗을 즉석에서 갈아 넣은 허브 꽃차는 티백으로 마시는 차와는 비교되지 않을 만큼 맛과 향이 신선하고 알싸하다. 이파리는 조금씩 뜯어 스파게티나 생선 요리, 비린내가 나는 고기 요리에 양념으로 뿌리면 뒷맛이 개운하다.

증식할 때는 씨앗을 심거나 봄에 뿌리를 나눠 심으면 된다. 신선한 씨앗의 발아율은 매우 높아 꽃에서 저절로 떨어진 씨가 발아한다.

차조기

잎의 앞뒷면이 모두 짙은 자줏빛이고 생김새가 들깨와 비슷하나 향이 들깨보다 한결 산뜻하다. 토종 들깨 가운데 잎의 아랫면만 붉은색인 '빨간 깻잎'이 있지만 차조기와는 다르다.

4월 초 밭에 직접 씨를 뿌리면 몇 주 뒤에 싹이 올라온다. 조금 자라면 틈틈이 솎아 샐러드에 넣어 먹고 최종 포기 간격이 20센티미터 가량 되도록 솎는다. 장마가 끝나고 7월 중순 이후 자주색 이파리와 줄기가 튼실해지면 잎을 따서 쌈채소나 주스로 만들어 먹는다.

초가을로 접어들면 잎에서 붉은 색소가 빠져나가 푸르스름하게 변하고 영양소도 따라 감소하므로 그전에 수확을 마친다.

9~10월에 꽃대가 올라와 자주색의 작은 꽃이 핀다. 꽃대를 손으로 쓸어보면 기막히게 좋은 향이 올라온다. 라벤더, 로즈마리에 못지않다.

한여름의 양기를 한껏 받은 차조기 잎은 겨울철 오한을 동반한 감기 몸살에 좋다. 말린 차조기 잎을 다기에 듬뿍 넣고 뜨거운 물을 곧바로 부어 우리면 코끝에 감도는 상큼한 향을 즐길 수 있다.

토마토 펜넬 파스타

장마 기간을 뺀 여름 시기는 토마토와 허브의 최대 수확 기간이다. 마당의 재료로 몇 가지 파스타를 만들 수 있지만 여름엔 역시 토마토다. 바질 잎을 쭉쭉 찢어 넣으면 고소한 감칠맛이 나고 펜넬 잎을 가위로 따서 잘게 잘라 넣어주면 시원하고 산뜻한 향이 은은하게 남아 느끼함을 가시게 한다.

재료(4인분)
중간 크기 토마토 7~8개, 통마늘 반 줌, 양파 1/2개, 기호에 따라 집에 있는 채소 적당량(버섯류, 브로콜리, 가지 등), 올리브오일 3~4큰술, 소금 및 후추 약간, 스파게티 면 2움큼, 중간 크기의 펜넬 잎사귀 1개

조리
7~8월의 뜨거운 햇빛을 받아 충분히 숙성된 토마토를 딴다. 가볍게 씻은 뒤 엉덩이 쪽에 십자 칼집을 내서 끓는 물에 넣고 껍질이 흐물흐물하게 벗겨지도록 익힌다. 우리 집 아이는 토마토 건더기가 씹히는 맛을 좋아하므로 과육을 대충 크게 잘라서, 올리브오일을 두르고 마늘을 볶던 팬에 같이 넣고 끓인다. 먹기 좋은 크기로 자른 채소류를 넣고 소금과 후추로 간한다. 끓는 물에 올리브오일 몇 방울을 넣고 15분 이상 끓여 부드러워진 면은 물기를 빼고 소스와 섞은 후 한 번 바르르 끓이고, 펜넬 잎을 넣어 버무리면 끝. 펜넬은 입 안에 줄기가 씹혀 걸리적거리지 않을 정도로 잘게 자르는 것이 좋다.

차조기 주스

시원 칼칼 새콤한 맛이 무더위의 체증을 확 날려준다. 원액에 적당히 생수를 타고 얼음을 동동 띄운 차조기 주스의 색은 와인보다 예쁘다. 종일 땀 흘리며 일하고 돌아온 목수에게도, 시원한 음료를 찾는 아이의 입맛에도 딱 맞는다. 아래 레시피는『원예도감』(사토우치 아이 지음, 김창원 옮김, 진선BOOKS, 2010)에 나온 것을 그대로 따라 한 것이다.

재료
식초 500mℓ, 설탕 300mℓ, 씻어서 물기를 털어낸 차조기 잎 600g, 물 2ℓ

조리
밭에서 키운 차조기라면 따서 씻을 때 달팽이를 조심해야 한다. 잎을 수확하는 시기가 달팽이가 번성하는 시기와 맞물리기 때문이다. 잎 뒷면을 한 장 한 장 살펴가며 잘 씻은 뒤 냄비에 물과 잎을 넣고 붉은색이 충분히 우러나도록 푹 끓인 뒤 잎을 건져낸다. 건져낸 잎에서도 알뜰히 차조기 물을 짜낸다. 다른 냄비에 식초와 설탕을 넣고 따로 끓인 뒤, 차조기 우린 물과 섞는다. 이렇게 만들어진 원액을 냉장고에 넣어 차게 식힌 다음 그때그때 생수와 얼음을 취향대로 타서 마신다. 식초 맛에 따라 음료의 신맛이 결정되므로 가급적 천연식초를 쓰도록 권하고 싶다. 우리 집은 감식초를 썼을 때 가장 맛있었다.

가을

치열해도 서두르지 않는
가을볕처럼

1밀리미터의 대결

목수의 업무는 눈에 띄게 양분되어갔다. 섬세함이 요구되는 소규모의 가구 제작과 더 많은 자금과 인력이 동원되는 시설물 설치로. 애초에 부족한 운영비를 충당하기 위해 시작한 농산물 판매장 따위의 시설물 사업은 점차 작업실 재정의 많은 부분을 차지하기 시작했다. 매출이 오르고 직원이 늘고 목수의 월급이 올랐다. 그것은 달콤한 재난이었다. 시설 사업이 커지면서 재정은 안정되어갔지만 가구를 제작할 시간과 기회는 점차 줄어들었기 때문이다. 어느 날 목수는 인력 관리와 건축물 시공에 에너지를 빼앗겨 몇 달째 가구에 손도 대지 못하고 있는 자신을 발견했다.

가구만으로 안정적인 수입을 얻을 수는 없을까? 목수의 '손끝'이 무르익기만 한다면 불가능한 일도 아닐 것 같았다. 아름다움, 견고함, 실용성이라는 가구의 가치는 기술만도 아니고 디자인만도 아닌 그 둘을 동시에 조절하며 새로운 세계를 여는 목수의 손끝에서 나온다. 그런데 이상했다. 머지않아 고지에 올라설 것 같던 목수의 손끝은 여무는 속도가 둔했다. 나는 그의 가구 앞에서 탄성을 올릴 날을 기다리고 있었다. 이것저것 재고 살펴서 '잘 만들었다'가 아니라 첫눈에 보자마자 '와!' 하는 가구를 기다렸다. 진정한 완성은 비평 이전에 가슴으로 다가올 거라 생각하면서. 그런데 그게 잘 안 됐다. 조급해진 나는 목수에게 따져 물었다.

"어떻게 하면 가구의 완성도를 높일 수 있지?"

"많이 만들어보고 경험을 쌓아야지. 지금보다 가구에 시간을 더 써야 해."

"그럼 그렇게 해! 힘든 시설물 공사는 그만두고 말이야."

목수가 나를 바라봤다.

"작업실 운영비도 우리 집 월급도 시설에서 나오는 거야. 갑자기 그만둘 순 없어."

속이 상했다. 알량한 월급 몇 푼 때문에. 하지만 그 몇 푼이 없으면 살아갈 수가 없었다. 작업실 한편에 서 있는, 이번에도 마지막 한 끝을 채우지 못한 가구를 보면 부아가 끓었다. 그제야 현실이라는 이름의 그물이 눈에 들어왔다. 얼마나 많은 애벌레들이 그 그물에 걸려 날개 한 번 펴보지 못하고 생을 마감하는가.

그래도 포기할 수 없었던 나는 목수에게 도전장을 냈다. 검열이었다. 목공의 ㅁ자도 몰랐던 나는 지난 몇 년간 목수의 작업실을 드나들며 대략의 지식을 얻은 터였다. 아, 가구는 이렇게 만들어지는구나. 저런 게 잘 만든 가구구나. 그러면서 무작정 '멋있다'로 일관하던 추임새가 점차 '주먹장(모서리를 맞추는 짜임법의 하나) 각이 어설픈데', '샌딩기(표면을 곱게 갈아내는 기계) 자국이 보이잖아. 역광으로 확인 안 했어?'라는 등 일종의 검열로 변해갔다.

목수는 뭐랄까, 새앙쥐에 발 밟힌 사자 같은 표정이었다. 그러다 결국 포기를 모르는 아내의 도전을 받아들였다. 마무리 과정이 시작되면 아내는 어김없이 가구를 보러 왔다. 목수는 대개 자신 있는 표정이었다. 이 정도면 어떠냐? 그러면 아내는 어이없는 표정을 지어 보였다. 하, 이게 최선이오? 으르렁 으르렁.

내가 원하는 것은 그냥 쓸 만한 가구가 아니었다. 가슴을 울리는 가구였다. 목수 역시 아내의 그저 그런 묵인을 원하는 것 같지 않았다. 완전한 수긍, 진심에서 우러나는 탄복을 원했다. 서로 원하는 것을 얻기 위해 우리는 여러 날 부딪쳤다. 가구를 납품하는 날은 으레 두 사람 사이에 팽팽한 한랭전선이 자리 잡는 폭풍 전야였다.

처음부터 목수의 강점은 구조에 있었다. 그는 짜임법으로 살림집을 짤 줄 아는 목수였기 때문이다. 그가 늘 말하길,

"집 짓기와 가구 만들기는 똑같아, 짜임과 구조가."

경험은 거기에 섬세함을 더해주었다. 아무리 든든하게 짜 넣은 난이도 높은 구조라도 짜임 자국, 베어내고 갈아낸 자국이 거칠어서야 가구로서 높은 가치를 매길 수 없었다. 연장을 손에 잡으면 잡을수록, 결과물을 만들어내면 낼수록 짜임의 기술과 흔적은 섬세해졌다. 경험만이 스승이었다. 그러나 언제나 '지난번보다 조금 더' 섬세할 것을 요구하는 것은 아내의 몫이었다.

결구의 각은 얼마나 정확한가?

짜임의 구조는 목수 머릿속에 있었지만,

나무에 새겨진 정확도만큼은 뭣 모르는 아내의 검열 대상이었다.

기계맹인 아내로서는 잘 상상이 되지 않았지만, 목수는 기계와 도구의 정밀성을 높이는 것이 실력 있는 공방의 기본이라고 했다. 목수는 돈이 모일 때마다 필요한 공구를 순서대로 사 모으고 정비했다. 그렇다고 최고의 성능이 보장되는 고가의 기계 같은 것은 구입할 형편이 되지 않았다. 꼭 필요한 것들만 예산을 넘지 않는 한도 내에서, 가능하면 중고로, 세 번 네 번 생각하고 구입했다. 있으면 능률이 오르지만 없어도 일이 돌아가는 기계라면 다음 기회로 돌렸다. 목수는 아쉬워했다. '능률'이라는 것은 편리와 정확도였고 곧 생산성이었다. 가구만으로 수익을 낼 수 있는 기회. 제대로 된 기계를 얻기 위해 번번이 통장을 들여다보며 고민하던 목수는 결국 기계를 직접 만들기 시작했다.

라우터(일명 '루터'. 구멍과 홈을 파는 전동기구)를 걸고 직선으로 이동하며 일정하게 홈을 파는 기계 '라우터 슬라이딩'은 처음 만들었을 때 매번 영점이 맞지 않아 몇 번의 개량을 거쳐야 했다. 결국 처음 만든 두 개의 라우터 슬라이딩을 폐기처분하고 세 번째에 드디어 성공! 그러는 사이 횡절기가 완성됐다. 판재부터 각재까지 다양한 형태의 목재를 손쉽게 재단할 수 있어 활용도가 높은 고마운 기계였다. 재료비 60만 원으로 완성한 횡절기는 겉보기론 별로였지만(부상 입고 내부 부속이 다 들여다보이는 알투디투—영화 〈스타워즈〉에 등장하는 로봇—같았다) 성능만은 '와따'였다. 그만한 기계의 기성품 값은 5백만 원대였다. 만세! 시행착오 끝에 완

날카로운 드릴의 날.

능률은 이상을 실현하는 수단이었다.

성한 라우터 슬라이딩은 재료비 30만 원으로 기성품 1백50만 원 값을 굳혔다.

　다양한 짜임의 모양을 새긴 지그(반복 작업을 빠르게 해결하기 위해 수치와 모양을 그대로 따는 틀)도 제작했다. 가구에서 짜맞춤이란 어느 부위에 어떤 짜임을 숨기고 드러낼 것인지의 설계, 그리고 짜 넣을 나무의 모양을 정확하고 신속하게 따내는 일, 둘 다 중요했다. 첫 번째 설계의 문제는 목수의 경험과 머리가 아니면 다른 방법이 없었지만 두 번째 정확한 따기와 처리 속도는 기계로 보완할 수 있었다. 지그를 도입한 뒤 확실히 짧은 시간 안에 정확하게 맞춤 부위를 딸 수 있었다. 어쩌면 지그의 사용법 같은 것은 현대식 목작업실의 상식인지도 모른다. 아무려나 그때까지 목수에게는 눈으로 보고 손으로 파는 눈재주, 손재주가 상식이었다.

　그는 기계와 도구 만들어 쓰는 취미를 즐겼다. 언젠가 번듯한 작업실을 짓게 되면 용접 도구와 쇳조각을 보관할 작은 철물실을 목공실 옆에 두겠다고 했다. 그러면서도 나무 작업에서 기계가 가지는 의미를 분명히 제한했다.

　"기계는 보조수단일 뿐 가구의 완성이 아니야. 가구를 가구답게 만드는 것은 손이야. 지그 대고 라우터로 딴 맞춤부위라도 결국엔 끌로 다듬어야 하고, 마무리에는 반드시 대패를 대야 하지. 1밀리미터의 차이가 전혀 다른 가구를 만드니까."

　어쩌면 지그도 몰랐던 시절이 약이었다. 몰랐기 때문에 익혀

끌과 횡절기, 손과 기계.

목수는 장인이자 엔지니어다.

야 했던 두 손의 기술이 그가 만드는 가구의 바탕을 지켜주었다.

우리의 대결은 나날이 첨예해졌다. 목수는 익숙한 손으로 연장을 놀리고 기계를 정비하며 칼을 갈았다. 나는 틈틈이 다른 공방의 가구를 관찰하고 대가들의 작품을 음미하면서 목수가 만드는 의자, 탁자, 서랍을 둘러싼 여백의 치수 하나까지 시비했다. 일단 가구 얘기가 시작되면 우리는 무림의 맞수처럼 기를 쓰고 싸워댔다. 절정은 언제나 납품 직전의 몇 시간이었다. 때로 고성방가를 불사하며 '최상의 결과를 위한 오일 마감'과 '구조가 곧 디자인인 나카시마 가구의 섬세함'을 성토했다. 그것이 어찌 상대를 이겨먹고자 하는 호승심 때문이었을까. 한 사람의 가구제작자로 홀로 서기 원하는 목수와 그가 만든 가구에 감동받기 원하는 아내의 진심 어린 대결이었다.

목수의 말대로 그가 어느 날 갑자기 훌륭한 전업 가구제작자로 변신하는 드라마는 일어나지 않았다. 천천히 달라져갔다. 한 번에 아주 조금씩 나아졌고 제자리걸음하는 날들도 있었다. 아내는 한참 뒤에야 목수의 성장을 알아채곤 했다. 그러는 동안에도 그는 생계와 보람 있는 일 사이에서 아슬아슬한 줄타기를 이어갔다. 시간과 몸을 쪼개 뛰었다. 식구들의 삶이 바로 그 어깨 위에 있었기 때문이다. 그렇다는 사실을 철부지 아내는 이번에도 한참 뒤에야 깨달을 수밖에 없었다.

비뚜름히
웃는 의자

그즈음 아이 의자의 주문이 연달아 들어왔다. 좌탁에 대고 앉는 낮은 의자도 있었고 식탁 앞에 두고 앉는 높은 의자도 있었다. 가구를 둘러싼 목수와의 신경전이 바야흐로 한껏 고조되던 때였다. 휘두른 채찍만큼 발전이 있었기 때문에 나는 더욱 날카로운 비평의 눈을 들이대야 한다고 생각했던 것 같다. 그러다 그 작은 의자들의 사진을 찍으며 전에 모르던 무언가를 발견했다.

의자의 디자인은 저마다 달랐다. 공통점이라면 모두 조금씩 좌우 비대칭이라는 점이었다. 팔걸이, 팔꿈치, 발의 왼쪽과 오른쪽이 약간, 아주 약간 달랐다. 눈에 띌 듯 말 듯 수줍은 불균형은 남편의 오랜 작업 스타일이었다. 조립을 하고 모양을 만지고 그런 다음 제일 마지막에 손으로 다듬은 흔적이었다.

하나의 가구 안에서도 구석구석이 조금씩 다른데 하물며 서로 다른 두 개의 가구는 어떻겠는가. 설령 디자인이 같다 해도 완성된 모습을 보면 모두 달랐다. 그로서는 '완벽히 똑같은' 여러 개의 가구를 만드는 게 더 힘든 일인지 모른다. 모두 전부터 알고 있던 사실이라고 생각했는데, 그날은 조금 달랐다. 찰나의 순간으로 열고 닫히는 조리개 속에서 깜박, 의자가 사라졌다 나타났다. 그리고 알았다. 아, 이게 목수의 의자로구나.

대칭. 기술적으로 보완할 수 있다. 그러나 보완하지 않는다. 오로지 왼쪽과 오른쪽을 똑같이 만들기 위한 보완은 목수에겐 보완이 아니다. 대칭 자체는 목수에게 목표가 되지 않는다는 걸 문득 이해했다. 가구를 보는 뷰파인더의 눈은 날카로운 심판관의 눈이 아니었다. 빛을 양껏 받아들일 줄도 절제할 줄도 알며 자유롭게 심도를 조절하는 그 눈은 원칙을 따지는 나의 눈과는 달랐다. 너그러운 그 눈앞에 의자는 자유로워 보였다.

내가 생각하는 가구의 틀에 갇히지 않는 가구야말로 목수의 가구라는 것을, 나의 잣대로 잴 수 없는 그만의 날갯짓이 있다는 것을 나는 비로소 받아들였다. 이해라는 것이 머리에서 가슴으로 내려오는 데 얼마만한 시간이 걸리는 걸까. 아주 조금 비뚜름한 듯 다른 몇 밀리미터, 잴 수 없는 각도의 차이로 빙긋이 웃고 있는 의자의 팔꿈치들이 나를 쿡 찔렀다. 웃음이 났다. 아주 조금 비뚜름한 목수의 성질머리가 거기서 보였다.

가구의 완성도를 두고 벌여온 우리의 대결에 아직 승자는 없었다. 그러나 남편의 손끝이 완성한 끌질과 대패질의 의미는 전보다 가깝게 느껴졌다. 가구에서 그가 보였다. 목수를 닮은 가구들이 나를 바라보았다. 오래 알고 지낸 친구 같았다.

때로는 주문이
목수를 자라게 한다

때로는 주문이 목수를 자라게 한다. 어릴 때부터 한쪽 다리를 목발로 대신해온 분이 목수에게 목발을 주문하셨다. 목발이라니…… 새로운 세계였다. 주문을 받지 않았다면 어찌 손수 목발을 만들어볼 생각을 했겠는가.

불편하신 다리는 한쪽뿐이었으므로 필요한 목발도 하나였다. 안 써본 목발이 없다고 하셨다. 단단하다는 필리핀의 야자나무 목발은 짚자마자 동강이 났고, 좋다는 독일의 참나무 목발도 얼마간 사용하다 부러져 목수가 말씀을 듣기 위해 찾아갔을 땐 아궁이 앞 땔감 상자에 담겨 있었다. 두 개의 목발을 짚는다면 하중이 분리되고 균형이 맞아 오히려 오래 버틸 텐데, 하나에 체중을 모두 싣고 자유자재로 움직이다보니 목발의 몸체가 꽈배기처럼 꼬이는 게 문제였다. 나무가 버티지 못하고 찢겨나가는 것도 이해가 갔다. 부러지지 않는 티타늄 소재도 써봤지만 편안하지 않아 치워버렸다고 했다. 너무 단단하면 부러지거나 불편했고 너무 탄성이 좋으면 구부러지는 각도가 커서 안정감이 없었다.

원래 주문 제작 가구라는 것은 인터뷰가 중요하다. 만남의 실용적인 목적은 주문하려는 물건의 용도와 크기, 세부사항을 확인하는 것이다. 공간을 실측한 뒤 목수가 의견을 내면 주문자는 자신의 바람을 보태고 그 결과가 디자인에 반영된다. 특히나 목수에게는 사람을 안다는 것 자체가 작업의 중요한 토대였다. 교감. 사람이 서로 만나 나누어 가질 수밖에 없는 미소나 말소리의 자취들이 목수의 마음에 남아 손끝을 움직였다.

그런데 그중에서도 목발의 인터뷰는 인상적이었다. 보통 가구는 공간을 실측하는데 목발은 사람을 실측해야 했다. 가구를 원하는 분들은 손을 뻗어 '저기'에 '그것'을 놓고 싶다고 한다. 그런데 목발이 필요한 이분은 자신의 몸을 보여주었다. 현재 사용하고 있는 목발을 짚고 앞뒤로 걸어 보이셨다. 목발의 머리가 닿는 겨드랑이의 굳은살에 대해 알려주셨다. 걸음의 각도, 집 안팎을 다닐 때의 차이점, 움직일 때 힘이 많이 들어가는 부위를 알려주는 그의 눈빛이 초롱초롱했다. 보통 사람들보다 좀 길고 상세한 자기소개를 듣는 기분이었다. 처음으로 마음에 와 닿았다. 목발은 정말로 그걸 사용하는 분의 몸이라는 것을.

몇 주 뒤 목수가 만들어진 목발을 들고 찾아갔다. 압력을 받아 쉽게 부러지지 않는 강도와 활강도(휘는 정도)를 동시에 높이려고 시도한 결과물이었다. 활강도를 올리기 위해 목수가 생각한 방법은 나무를 여러 장으로 얇게 켜 집성하는 것이었다. 얇게 발라낸 두 장의 참죽나무 사이에 마찬가지로 얇게 켠 우리 소나무를 넣어 삼단의 샌드위치로 집성해보니 예상한 대로 집성한 부분의 유연성이 높아졌다. 시험 삼아 목수가 하중을 실어보았을 때 자연 그대로의 각목에서는 기대하기 힘든 유연성이 보였다.

또 한편으로는 잘 부러지지 않도록 탄성을 높이기 위해 샌드위치 나무를 켤 때 정결(나무가 자라난 방향의 안정된 결)을 살렸다. 샌드위치 부위를 잘 보면 나뭇결이 세로로 일정하게 이어지고 목발이 휘는 지점에서도 결이 끊기지 않고 살아 있었다. 그게 정결이었다. 디자인에서 휘는 부분은 아예 곡선으로 변형해 굳힌 집성목을 썼다. 또 목발의 구조상 압력이 클 거라 예상되는 부위는 강도가 높은 흑단을 쓰고 모든 부속은 손으로 다듬어 끼웠다.

목발의 주인이 몸을 싣고 몇 걸음 걸어보셨다.

"어, 가볍네. 다른 목발보다도 훨씬. 겨드랑이 닿는 부분도 편해서 좋군. 보통은 몸에 닿는 부분이 불편해서 옷이 다 찢어질 정도거든. 그런데……"

결정적인 문제가 있었다.

"너무 많이 휘어서 안 되겠어. 걸을 때 나는 목발 위에 거의 올라타면서 움직이거든. 목발이 받는 횡력(옆으로 미는 힘)이 대단하다고. 그러니까 너무 휘면 내 무게를 지탱하지 못하고 휘청거리는 거야. 이것 봐, 걸음이 갈지자가 되잖아."

정말로 목발이 나뭇가지처럼 휘어졌다. 목수는 주인장과 다시 두 시간가량 이야기를 나눴다. 말씀을 나누다보니 새로 알게

목발 제작법

1 설계된 곡선대로 나무틀을
   만든다.

2 직접 만든 샌드위치 집성목을
   틀 사이에 넣고 죔쇠로
   고정한다. 곧은 집성목이
   틀 모양을 따라 휜다.

3,4 몸체와 다리의 접합부에 틈이
   없도록 정교하게 판다.

5 조립을 마치고 죔쇠를 걸어
   24시간 이상 굳힌다.

1 둥글리고 얇게 편 목발의 머리.

2 손으로 다듬어 끼운 부속들.

된 사실이 많았다. 어떤 것은 지난번에 이미 들은 이야기라도 중요성을 새삼 느끼기도 했다. 직접 한 번 만들어보며 목수의 귀가 열렸는지 모른다. 주인장이 마지막으로 덧붙였다.

"양쪽 목발이라면 이걸로도 합격이었을 거야. 하지만 한쪽 목발은 쉽지 않아. 비용에 구애받지 말고 자재도 기술도 최선을 다해 만들어봐요. 명품이 될 수 있도록."

그 한마디에 목수의 기술자 정신은 고양되었다. 쉽지 않은 한 발 목발. 다음엔 성공할 수 있을까. 부족하더라도 가진 재주를 다해볼 마음이 나지 않을 수 없다. 두 번째 인터뷰를 통해 추가로 알게 된 사항들을 토대로 몇 가지 손을 보기로 했다.

그렇게 해서 마침내 낙점을 받은 완성품이 제작되었다. 사용의 편의를 고려하다보니 몸체가 얇아졌다. 옷자락이 찢어질 정도로 마찰이 심한 목발의 머리는 더 둥글리고 이물감이 적도록 얇게 폈다. 이전에 한 번 반려된 목발이 있었기 때문에 세부적인 두께와 치수에 대한 감을 더 잡을 수 있었다. 어느 정도 둥글려야 할지, 얼마나 얇아야 할지.

목발을 짚을 때 팔 뒷면이 목발에 닿는다는 걸 사람들은 잘 모른다. 보통 목발은 기둥으로 네모나게 각이 진 각목을 쓴다. 그러면 각목의 뾰족한 모서리(보기에는 뾰족해 보이지 않으나 실제로 하중을 실어보면 뾰족하게 느껴진다)가 사용하는 사람에게 통증을 준다. 부드럽게 둥글려 각을 없애니 훨씬 편하다고 하셨다.

'지나친 휘어짐'은 시제품의 결정적인 문제였다. 그 실패를 토대로 참죽과 우리 소나무로 만드는 샌드위치 집성에도 변화를 주고 얇게 켠 나무의 치수를 보완했다. 삼단 샌드위치는 유지하되 샌드위치 재료의 두께를 각각 몇 밀리미터씩 보강했다. 탄성은 필요한 만큼 가지면서 불필요한 휘어짐을 없애고자 한 시도는 효과가 있었다. 올라타듯 몸을 실어 올리자 목발은 안정을 유지하면서 탄력 있게 무게를 받쳐주었다.

마지막으로, 압력을 받아 잘 터지는 부위를 보완했다. 주인장은 '손잡이야말로 목발에서 가장 쉽게 터지는 부분'이라고 하셨다. 그래서 처음에 나사로 고정했던 손잡이를 짜맞춤으로 변경했다. 손잡이뿐 아니라 모든 연결 부위는 짜맞춤이었다. 일반적으로 가구에 사용되는 장부는 쓸 수 없었기 때문에(그러기엔 몸체가 너무 얇았다) 필요한 부위에 필요한 만큼만 몇 밀리미터씩 조심스럽게 파서 끼워 넣었다. 그런 부위는 부속 자체를 흑단으로 깎거나 혹은 흑단으로 부위 전체를 감싸주었다.

결과가 나쁘지 않아 다행이었다. 가볍고 겨드랑이와 팔의 통증이 없으며 짚을 때 편안하고 안정적이라고 하셨다. 말씀을 듣고 목수가 말없이 좋아했다. 그러나 주인장은 의미심장하게 한 말씀 하셨다. 얼마나 버틸지, 목발의 진짜 성공 여부는 써봐야 아는 거라고.

참죽, 우리 소나무, 흑단으로 만든 목발.

오래 쓰는 한 발 목발은 아직 미완의 꿈이다.

주인장이 심어준 꿈.

"그러니까 또 만들어봐요. 연구를 계속해요. 명품 목발이 만들어지도록. 완성되면 내가 구입해 쓰겠습니다."

몇 달 뒤 목수는 한 번 더 목발을 만들어야 했다. 손잡이 부위가 압력을 받아 터져버린 것이다. 앞으로 목수는 몇 개의 목발을 더 만들어야 할까. 오래가는 한 발 목발을 마침내 만들 수 있을까. 하루아침에 이루어지는 일이란 목수의 세계엔 없다. 오래 기다려주는 주인장의 미소가 고마울 뿐이다.

수평을 잡다

수평으로 면을 잡는 수압대패.

가구 만들기는 목재를 편평하게 다듬는 작업으로 시작된다. 모든 나무는 건조 과정에서 휘고 뒤틀린다. 날것 그대로 뒤틀린 판재의 면에 수평을 잡으려면 수압대패가 필요하다. 수압手壓이라는 말 그대로, 대패에 올린 판재를 손으로 눌러가며 날과 접촉시킨다. 몸체는 흔들림이 없도록 육중한 주물로 만들어지고, 원통형 밀대처럼 생긴 날의 일부가 상판 가운데에 드러나 있어 목수는 제일 위험한 기계로 꼽기도 한다. 기계 바깥으로 돌출된 날은 언제든 손끝의 살점을 날릴 수 있다.

수압대패로 잡은 한 면의 수평을 기준으로 자동대패가 나머지 면을 완성한다. 수압대패에서 일단 한 면의 수평을 잡고, 그 선에 맞춰 자동대패가 나머지 면을 평행하게 밀어 깎는다. 수압대패와 자동대패는 언제나 함께 간다. 그리고 둘 다 무척 시끄러워 두 귀가 먹먹해진다.

선을 긋다

뾰족한 날로 선을 표시하는
그무개.

이제 수평이 잡힌 목재를 설계에 따라 정
확하게 자를 차례. 그러려면 먼저 선을 잘
그려야 한다. 정확한 치수, 정확한 자리.
수직으로 내려 긋는 선은 추를 내려뜨
리고, 수평의 직선은 먹줄을 튕긴다. 특
정한 위치에 일직선을 그려야 한다면('모서
리에서 4센티미터 떨어진 곳에 일직선' 하는 식
으로) 그무개가 편하다. 그무개에는 나무
모서리에 걸치는 발, 그리고 나무 표면을
살짝 긁을 정도로 뾰족한 쇠 날이 달려
있다. 발을 모서리에 걸친 뒤 쇠 날의 간

격을 조절해서 원하는 자리에 얇은 선을
판다.

자의 크기와 모양도 가지가지다. 직선
자, 직각자, 모서리에 걸쳐 수직·수평·사
선을 모두 표시하는 사다리꼴 자, 손잡이
달린 대형 자. 편리 스머프처럼 귀에 연필
을 꽂고 다니는 목수는 언제든 자를 대고
필요한 위치를 표시할 준비가 되어 있다.

자르고 켜다

테이블 톱의 일종인 환거기와
손 톱의 하나인 등대기톱.

가구의 성패는 자르기에 달려 있다. 설계가 정밀해도 재단이 엉성해선 결과가 좋을 수 없다. 그만큼 도구도 다양하다. 목재의 각도를 조절해 자르는 각도기, 손잡이가 달린 소형 전동 원형 톱. 말 그대로 탁자 위에 톱날이 달려 있고, (단면과 수직이 되도록) 자르는 기구와 (단면과 수평이 되도록) 켜는 기구가 따로 있는 여러 종류의 테이블 톱^{table saw}. 목재를 올려놓은 판이 톱날을 향해 움직이는 횡절기도 있다.

한때 목수는 전동 원형 톱 하나와 손톱만으로 가구를 만들던 시절이 있었다. 장인의 정밀한 손은 두말할 것 없이 우러름의 대상이다. 목수가 다양한 기계를 사용하는 쪽으로 방향을 잡은 것은 효율성 때문이었다. 작업 일수를 줄여 적당한 가격을 만듦으로써 비로소 수입을 안정시킬 수 있었다. 그래도 수동 톱은 여전히 목수의 손이 잘 닿는 곳에 걸려 있다. 정밀한 몇 밀리미터를 켜내는 데는 손 톱을 따라갈 것이 없다.

파고 뚫다

각진 구멍을 파는 각끌기.

재단한 목재를 짜맞추려면 구멍이나 홈을 파야 한다. 나무 한가운데에 네모난 구멍(혹은 홈)을 파려면 각끌기가 유용하다. 일명 '루터'라 불리는 라우터router는 각끌기가 할 수 있는 일을 포함해 다양한 모양의 홈을 팔 수 있지만 역시 각끌기의 일은 각끌기에게 맡기는 편이 빠르다. 라우터를 거치대에 고정시킨 뒤 레일을 따라 움직이게 하면 정확하게 원하는 길이로 홈을 파는 '라우터 슬라이딩'이 된다. 같은 도구라도 설비를 응용하는데 따라 쓰임과 효율이 달라지는 기계의 세계는 흥미진진한 창의의 세계다.

여러 번 반복되는 모양이라면 본을 만들어 모서리를 따라 그대로 라우터를 움직이기도 한다. 목수라면 누구나 자기에게 필요한 본을 만들어 쓴다. 원형의 구멍을 파는 데는 전동 드릴이 쓰인다. 구멍의 크기와 깊이를 조절할 수 있는 여러 가지 두께와 길이의 드릴 날이 있다. 어떤 기계를 쓰든 짜임을 위한 부분은 마지막으로 끌과 조각도의 다듬이질을 거친다.

끼우고 조이다

죔쇠로 걸고 망치로 두들긴다.

손으로 직접 깎은 나무망치부터 모양이 모두 다른 숱한 쇠망치까지 몇 가지 모양의 망치가 작업실 벽에 걸려 있다. 견고한 짜임이란 손쉽게 쑥 들어가기보다 망치로 빡빡하게 두드려 넣는 법이다.

짜임이 서로 맞닿는 부위에는 부수적으로 접착제를 사용한다. 전통적으로는 동물의 뼈나 힘줄을 녹여 만든 아교를 사용하지만 목수의 작업실에서는 시판되는 목공용 접착제 가운데 인체에 미치는 영향이 가장 적은 것으로 알려진 제품을 사용한다. 접합면에 접착제를 바르고 망치머리로 두들겨 짜맞추고 나면 비로소 가구의 모습이 나타나기 시작한다. 짜임 부분마다 죔쇠를 걸어 24시간 이상 고정한다.

접착·변형한 나무를 고정하는 죔쇠.

갈고 바르다

표면을 갈아내는 원형 샌딩기.

끼워 맞춰 비로소 제 모습을 갖춘 가구는 마지막 손길을 기다리고 있다. 재단과 조립을 거치며 나무의 섬유질은 굵은 가시처럼 튀어나오고 절단면은 거칠어져 있으므로 곱게 갈아낼 차례. 벨트샌더로 울퉁불퉁 거친 면을 강하게 밀어내고, 손대패로 섬세하게 손을 본다. 손대패는 종류가 숱하다. 움푹 파인 면을 다듬는 배대패, 모서리를 다듬는 모서리대패, 홈을 파는 홈대패 등.

그러면 이제 부드럽게 갈아내는 일만 남는다. 원형 샌딩기의 차례다. 150방, 240방, 400방, 2천 방. 샌딩기에는 원형의 사포를 장착하게 되어 있는데, 사포에 적힌 숫자가 클수록 곱게 갈린다. 목수는 두세 번 사포의 숫자를 올려 샌딩기를 돌리고, 오일을 올린 뒤 마지막으로 손 사포질을 한다.

목수가 사용하는 오일의 종류는 일반적으로 두 가지다. 목재 깊숙이 침투시켜 변형을 최소화하는 아마인유linseed oil와 표면을 보호하고 은은한 광택을 주는 동유桐油, tung oil. 각기 볶은 아마인(아마의 씨)과 기름오동나무에서 짜낸 것들이다. 잘 마른 나무라면 목마른 아이가 물 들이키듯 아마씨 기름을 한껏 빨아들인다. 아마씨 기름이 더 이상 내부로 흡수되지 않고 표면에 살짝 남을 정도가 되면 잘 닦아내고 말린 뒤 동유를 올린다. 동유는 세 차례 이상 바르고 말려 부드러운 면 수건으로 문지르기를 반복한다. 한 번 바른 오일이 마르는 데는 최소 24시간에서 길게는 수일이 소요되므로 인내심이 필요하다. 마감재는 오일 외에도 여러 가지가 있지만 목수가 오일을 선호하는 것은 재료 자체가 단순한 자연의 산물이기도 하고 마감 후에 따뜻한 나무의 질감이 그대로 남아 있기 때문이다.

강하게 가는 벨트샌더.

다양한 모서리대패.

작업실엔 도구가 많다.

가구 만드는 도구부터 기계 보수와

작업실 관리에 필요한 시시콜콜한 장비까지.

목수는 일정한 자재와 도구를 사용해

매번 새로운 결과를 만들어낸다.

이번엔
감물이다!

광으로 쓰고 있는 뒤 베란다를 둘러보았다. 어디 보자. 바람 잘 통하는 연중 응달의 베란다 선반에는 오래 두고 먹는 것들이 놓여 있다. 농사지으시는 시부모님께 받아온 찹쌀 부대, 된장과 고추장 용기, 효소와 과실주 병이 놓인 선반, 그리고 그 아래, 작은 옹기 단지가 눈에 들어왔다. 옳지, 저거로구나. 뚜껑을 열어보았다. 우묵한 항아리 속에 어두운 색의 액체가 윤기를 흘리며 찰랑거렸다. 상하진 않은 것 같은데…… 모르겠다, 한번 해보자.

단지의 물을 얼마간 대야에 따라낸 뒤, 남편이 한지 대신 문살에 붙여 쓰는 성근 중국 모시 한 두름을 다락에서 안고 내려왔다. 빳빳하게 먹인 풀을 빼느라 몇 번을 빨고 삶아 말려둔 천이었다. 표백을 하지 않아 누르스름한 모시풀 그대로의 색이었다. 어차피 감물은 밤색에 가까운 짙은 황토 빛이니 상관없을 것 같았다. 오늘 나는 모시 막저에 감물을 들일 생각이었다. 휑하니 뚫린 거실과 부엌 사이에 모시 발을 치고 싶었다. 조각보를 만들면 좋겠지만 시간이 너무 걸렸다. 아이 수발에 집안일을 겸하다보면 뭐든 느려질 수밖에 없다. 그때 문득 지난해에 목수가 만들어 쟁여둔 감물이 떠올랐다.

232

어느 날 목수가 비료 부대 한가득 파란 땡감을 주워 담아 왔을 때 나는 웃었다. 이번엔 또 뭐야? 그는 발효 감물을 만들 거라고 했다. 발효 뭐? 보통 감염색은 파란 땡감을 찧어 나온 즙을 즉석에서 우려낸 뒤 바로 천을 담가 색을 낸다. 이때 우려낸 즙을 항아리에 담고 육 개월 이상 숙성·발효시키면 부패하지 않고 필요할 때마다 염색재로 쓸 수 있다. 목수에 따르면 발효 감즙은 특히 목칠염에 사용해볼 만했다. 나무 조직에 색이 스며들도록 여러 번 문질러 색을 내는 목칠염.

목수는 목재에 색 내는 법을 공부 중이었다. 파란 쪽, 붉은 홍화, 노란 치자. 가구재로 쓸 만한 색을 천연염색으로 얻어보려고 여러 가지 재료를 시험해봤다. 천연염색은 염료가 목재 표면을 덮어씌우지 않고 조직으로 스며들기 때문에 나무의 결과 색이 자연스럽게 살아나고 염색재 본연의 치유 효과를 나무로 옮겨올 수 있다. 그러나 실험 결과, 안료의 색과 본래 가진 나무의 색이 혼합되는 경향이 있어 원하는 결과를 얻기가 쉽지 않았다. 노란빛이 도는 은행나무에 파란 쪽물을 들이면 밝은 파랑이 아니라 노란기가 도는 청록이 나오는 식이었다. 쪽 하면 떠오르는 선명하고 짙은 '파랑'을 얻으려면 생풀 쪽을 끓여 손쉽게 내는 쪽물이 아니라 복잡한 발효 과정을 거치는 특별한 쪽물이 필요했다. 그런 안료는 구해 쓰자니 너무 비싸고 만들어 쓰자니 웬만한 경험과 공력으로는 부족했다.

그러다 마침 돌아온 땡감 철. 이번엔 감물이다! 하여간 이것저것 시도해보는 중이었기 때문에 목수는 신이 나서 땡감을 주워 왔다. 다른 염색재는 상점에서 사다 쓸 수 있지만 감물 재료는 아니었다. 적당한 철에 직접 감을 따다 만들어 쓸 수밖에. 감물 재료는 꼭 떫은 감이어야 했다. 깎아 먹는 단감 말고, 서리 내린 뒤 곶감 만들어 먹는 떫은 감.

"아는 분 농장에 곶감나무가 많거든. 지나다보니 감이 엄청나게 달렸더라고. 허락받고 털어왔어."

눈망울이 초롱초롱했다. 일 마치고 집으로 돌아온 목수가 제대로 쉬기 위해서는 뭔가 손을 꼼지락거릴 일이 필요하다는 걸 나도 알고 있었다. 가만히 누워 머리 아픈 공상에 젖느니 뭐든 필요한 물건이라도 만들고 앉아 있어야 마음 편한 것이 그의 공작 본능이었다. 그 주말의 과제는 땡감 염색재였다. 목수는 마당을 두고 굳이 집 안에서 감을 찧겠다고 했다.

"좋을 대로 해요. 화장실에서 하고 끝나면 깨끗이 씻어놔요."

목수는 그러마 했다. 나는 아이를 데리고 마을을 돌며 이 집 저 집 들러 놀다 왔다. 그새 감즙을 다 찧었나. 돌아와 보니 목수는 자기가 좋아하는 '쉬는 남자의 의자'에 누워 낄낄대며 티브이를 보고 있었다. 그리고 아무 생각 없이 화장실 문을 연 나는,

"악!"

벽과 바닥의 흰 타일이 흡사 똥물을 뒤집어쓴 꼴이었다. 구

리한 감물이 여기저기 튀어 오른 자국이 선명했다. 홱 돌아봤다.

"이상하다……. 아까 분명히 샤워기로 물 뿌렸는데."

아이를 아빠 품에 맡겨놓고 팔다리 걷어붙이고 들어가 솔로 벅벅 문질렀다. 감물이 대단히 효력 있는 착색 재료인 것만은 분명했다. 있는 힘껏 솔로 문지르는데도 타일에 번진 물방울 자국이 쉽게 지워지지 않았다. 헉헉대며 수십 번씩 문질러 간신히 다 지우고 나왔더니 이번엔,

"이게 뭐야!"

소형 믹서(우리 집의 유일한 믹서였다)가 거실 바닥에 굴러다니고 있었다. 집어 올렸더니 믹서 본체와 뚜껑에 토사물 같은 짙은 밤색의 감 찌꺼기가 잔뜩 배어 있었다. 쏘아보는 눈빛에서 김이 모락모락 올랐다.

"아니, 처음엔 부엌에 있던 절구로 빻아봤는데 감이 잘 안 깨지는 거야. 엄청 세게 내리쳐야 하는데 그러면 절구가 깨지잖아. 사기로 된 건데. 그래서 할 수 없이 믹서를 꺼내왔는데……."

소형 믹서라 용기도 작고 힘도 딸려서 한두 알 갈아보다 관뒀다는 얘기였다. 구석구석 말라붙은 감 찌꺼기는 칼끝으로 후벼 떼어낼 수 있었지만 플라스틱 재질에 한번 배어든 감물은 끝내 지워지지 않았다. 그날 목수가 아내에게 얻어먹은 욕은 주워온 땡감보다 더 많았다.

마침내 감을 다 으깨어 짜고 걸러내 항아리에 담을 수 있었

던 것은 얼마 뒤 목수가 구해온 돌절구 덕분이었다. 퇴근 시간, 커다란 돌절구를 안고 들어오는 모습에 나는 며칠 전 무척 열 받았던 기억에도 불구하고 정말이지 웃지 않을 수 없었다.

돌절구에 감을 쏟아 붓고 쿵쿵 내리 찧는다. 확실히 돌이 좋다. 잘 깨진다. 알이 어느 정도 으깨지면 물을 붓고 거품이 부글부글 끓어오를 때까지 한두 시간 기다린다. 잘 끓어오르면 큰 건더기는 손으로 건져내고 잔 찌꺼기는 삼베에 싸서 물기를 꾹 짜낸다. 삼베가 필요할 줄 알았으면 미리 준비해둘 일이지 목수란 사람은 그 자리에서 "집에 삼베 없나?"라고 외친다. 결국 부엌에서 쓰던 삼베를 갖다줬다가 회생불가 상태로 돌려받았다. 찌릿찌릿 아내의 두 눈에서 발사되는 레이저를 모른 체하며 목수는 대야에서 맑은 즙만 깨끗이 걸러낸 뒤, 마침 비어 있던 옹기 항아리(이번에도 "항아리 같은 것 집에 없나?")에 채워 넣었다.

감물은 바람 잘 통하는 그늘에서 사계절을 꼬박 지냈다. 항아리 뚜껑을 열자 새콤하고 향긋한 냄새가 피어올랐다. 감물을 처음 보는 나로서는 이게 얼마나 잘 된 건지 못 된 건지 알 길이 없었지만 코끝에 감도는 향기는 뭔가 좋은 조짐인 것 같았다. '한번 써볼까?' 천에 들이는 물로는 지금도 충분하지만 나무 칠에 쓰려면 적어도 한 해 정도는 더 기다려야 했다. 살림 여러 개 작살내며 구박 속에 만들어진 이 물을 내가 먼저 쓰게 될 줄이야.

감물 이후 기르기 시작한 몇 가지 염색재

1   파란 물을 들이는 야생 쪽.

2   줄기부터 꽃까지 한 번에 베어 노란 물을 들이는 메리골드.

3   고운 분홍부터 강렬한 빨강까지, 홍화.

4   씨를 털기 위해 바싹 말린 홍화는 가시가 무척 날카롭다.

물들이는 과정은『내 손으로 하는 천연염색』(정옥기 지음, 들녘, 2010)과『우리가 정말 알아야 할 천연염색』(이종남 지음, 현암사, 2004), 두 권의 책을 펴놓고 그대로 따라 했다. 푹푹 삶아 정련해 둔 모시 천을 즙에 담갔다. 목마른 천이 물을 만나자 반가워 신나게 빨아들인다. 섬유 한 올 한 올에 색이 옮겨가 붙도록 충분히 주무른다. 어, 그런데 어느 정도 됐겠지 싶어 건져낸 천은 색이 너무 옅었다. 물을 타서 묽어진 수채물감 같았다. 에잇, 어떻게든 되겠지. 일단 적신 천을 마당의 볕 잘 드는 자리에 내다 널었다. 근처에 들통을 놓고 물을 한가득 채웠다. 그러고는 천이 마를 때마다 내려서 통 속의 물에 푹 적셔주었다. 물방울이 뚝뚝 듣도록. 이렇게 바싹 말렸다 맹물에 도로 적셨다를 하루에 네댓 번씩 며칠간 반복했다. 아침에 통에 가득 찼던 물이 저녁나절이면 다 줄어 없어졌다. 처음 해보는 염색이라 열심히 해야지 마음먹었는데 정작 할 일이라곤 말린 천을 도로 적셔 너는 것뿐이었다.

책에는 말렸다 적셨다를 열흘 정도 반복하라고, 그러면 날마다 점점 더 짙어져 완성된 색을 볼 수 있을 거라고 씌어 있었다. 신기했다. 아무것도 없는 맹물만 핥아 먹고도 어디서 그런 힘이 나는지 햇빛은 조금씩 더 진한 색으로 천을 물들였다. 가만히 손을 대보면 햇빛에 구워진 천이 따뜻했다. 일주일 뒤 천을 거둬들였다. 닷새쯤 지나자 색은 내가 기대한 만큼 충분히 진해졌고, 그 뒤로는 색에 변화가 없었기 때문이다. 애초에 지하수를 붓고 농

감물 들인 수수한 모시 발에

가을 아침의

찬란함이 깃든다.

도를 적절히 맞춰 발효시킨 용액인 걸 모르고 내가 추가로 물을 더 부어 썼기 때문에 묽어진 탓인 것 같았다.

갈빛의 모시를 집 안에 거는 날, 목수는 대나무 톱을 들고 개울 건너편 대밭으로 갔다. 잠시 후 부들논 사이로 돌아오는 그의 손에 대나무 장대가 들려 있었다. 잔가지를 툭툭 쳐내고 위아래를 뚝 따내 거실과 부엌 사이의 빈 천장에 걸었다. 손바느질로 대강 접어 홈질한 모시 고리 속에 대나무 봉이 은은히 비쳤다. 지켜보던 목수에게 물었다.

"괜찮지?"

"응."

"내년에 감 딸 땐 나도 데려가."

"알았어."

목수는 웃으며 짧게 대답할 뿐 달리 아무 말도 하지 않았다. 이래서 내가 목수를 좋아한다.

다음엔
더 많은 꽃수를 놓아줄게!

배냇저고리

옷 만들기의 시작은 태어날 아이의 배냇저고리였다. 본과 옷 감을 함께 판매하는 패키지를 구입해서 부담이 없었다. 호기심도 있었고 바느질이 태교에 좋다는 주위의 추천도 있고 해서 배냇저고리와 속싸개, 딸랑이 인형을 차례로 만들었다.

아기 옷은 아주 작았다. 갓난아기는 작구나 생각하며 웃었는데 막상 태어나고 보니 아이는 내가 만든 옷보다도 훨씬 작았다. 아이에게 필요한 것은 그야말로 손바닥만 한 옷이었고 엄마가 정성 들여 만든 배냇저고리는 생후 몇 달이 지나서야 겨우 몸에 맞았다.

이 옷을 입고 얼마나 열심히 젖을 빨았는지 몇 년 만에 상자에서 꺼내본 배냇저고리는 젖 흘린 자국으로 온통 누렇게 변해 있었다. 보고 또 봐도 사랑스러워서 아이를 품에 안고 내려놓지 못하던 때. 한 생명이 그렇게 작고 가벼운 존재이던 때. 그 생명에게 엄마가 직접 지은 옷을 입혀놓으니 그렇게 뿌듯할 수가 없던 그 시절이 이 배냇저고리에 담겨 있다.

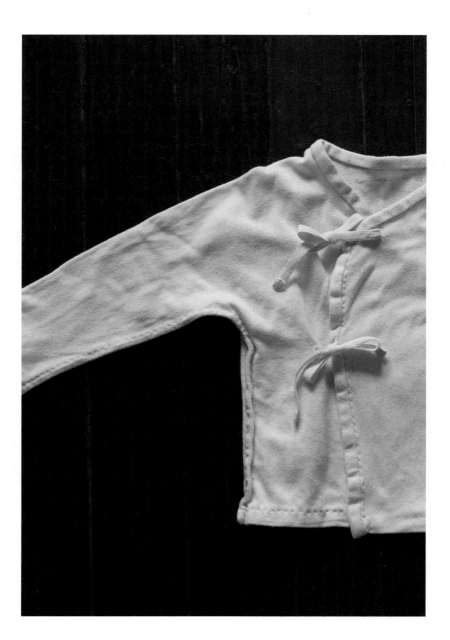

민소매 웃옷

이 옷은 목수가 즐겨 입던 여름 셔츠를 잘라 만들었다. 사실 아이 옷은 주변에서 물려받은 것만으로도 충분했다. 옷이 필요했다기보다 목수의 셔츠를 되살리고 싶은 마음이 컸다.

가볍고 통기성이 좋은 셔츠를 목수는 여름마다 즐겨 입었는데 항상 작업실에 입고 다니다보니 이곳저곳에 얼룩과 흠집이 생겨났다. 얼룩. 처음 목수를 만났을 때 청바지에 후드득 뿌린 듯 묻어 있던 페인트 얼룩이 얼마나 멋있어 보였는지. 내 눈엔 얼룩이야말로 일하는 사람의 표식 같았다.

그러다 여기저기 찢긴 자국까지 더해져 더 이상 셔츠를 입을 수 없게 되었을 때, 문득 구멍과 얼룩을 뺀 나머지 천으로 아이 옷 하나는 만들 만하겠다는 생각이 들었다. 두 돌을 넘긴 아이의 자그마한 윗도리. 그나마 소매 만들 분량은 없어 민소매로 아슬아슬하게 완성되었다. 아이가 잘 입는 편안한 옷을 대고 대략 본을 떠 잘라낸 뒤 손바늘을 놀렸다. 꽃무늬 레이스를 잘라 목둘레와 가슴에 장식을 넣으니 제법 여자아이 옷처럼 보였다.

목수의 땀방울과 일하는 정성이 고스란히 담긴 옷. 자세히 들여다보면 레이스를 두른 목둘레에 흐릿한 얼룩이 남아 있다. 얼룩보다 나은 장식이 어디 있으랴. 목수의 딸을 위한 옷이니.

고양이치마

이후로는 내 옷을 주로 만들었다. 텃밭용의 헐렁한 튜닉 같은 것. 어느 날 옷본이 그려진 책을 보고 있는데 이제 다 커서 종알종알 잔소리를 시작한 따님이 대뜸 "이번엔 내 옷 만드는 거야?"라고 했다. 그래, 아이는 금방 커버리니 옷을 만들기 아깝다는 핑계로 지금껏 제대로 된 치마 한 벌 만들어주지 않았구나. 이번엔 따님 차례다.

책 속의 사진을 뒤지던 딸은 앞치마가 달린 원피스를 골랐다. 옷의 바탕이 될 잔잔한 헤링본 무늬의 리넨도, 바이어스를 두를 노란 국화꽃의 아기자기한 천도 옷의 주인이 직접 골랐다. 마지막으로 서랍을 뒤져 찾아낸 고양이 일러스트 천으로 앞치마를 달아 완성. 만들어보니 자신이 붙었다. 얼마 뒤에는 원피스 앞섶에 단추를 달아 여닫을 수 있도록 모양을 고쳐 딸아이가 잘 따르는 몇 살 위 마을 언니에게 선물하기도 했다.

일단 본이 있으면 디자인을 약간 수정하는 것은 그리 어려운 일이 아니라는 걸 알게 되었다. 생각보다 다양한 옷을 만들 수 있겠는걸. 써먹을 수 있다는 게 중요했다. 용도가 분명해지자 바느질은 내 생활의 흔들림 없는 일부가 되었다.

원피스

특히나 마땅한 옷을 구하기 힘들 때 바느질은 힘이 되어준다. 읍내 시장이나 인근 도시의 상점에서 맘에 드는 옷을 발견할 때도 있지만 내 기준으로는 옷값이 과했다. 아이 키우면서 갖춰 입고 외출할 일도 별로 없어서 옷장이 비었어도 신경 쓰지 않았다.

그러다 덜컥 약속이 생겼다. 친구와 단둘이 도시에서 영화 보고 밥을 먹기로 했다. 대체 얼마만의 일인가! 입고 나갈 옷이 별로 없다는 게 오랜만에 마음에 걸렸다. 얼른 다락으로 올라가 본을 고르고 쟁여둔 천을 꺼냈다. 약속날짜를 생각하면 재봉틀로 드르륵 돌려야 마땅한데 한 번 잡은 바늘을 놓기 싫어서 결국 사나흘 밤잠 설쳐가며 손바늘로 완성했다. 조금 느려도 옷을 만들 땐 역시 손바느질이다. 특히 주름을 잡을 때는 재봉틀보다 더 섬세하게 주름을 고정할 수 있다.

"삯바느질도 아니고, 입을 옷이 없다고 밤마다 바느질이라니." 목수가 껄껄댔다.

친구를 만나는 날 새벽, 마침내 마지막 단추를 달고 치마를 완성했다. 친구는 한눈에 내가 만든 원피스를 알아보았다. 지금은 애 키우느라 정신없지만 자기도 취향은 원래 눈처럼 하얀 리넨 블라우스라며. 맛있는 밥 먹고 신나게 수다 떨고 헤어진 날, 친구는 "나도 바느질 시작할래"라고 했다. 그래, 다음엔 새하얀 블라우스 입고 만나자. 아이가 묻혀놓을 과일 물 따위 무서워 말고.

꽃수 칠부소매

목수를 위해 제대로 만든 첫 번째 옷이었다. 어깨는 보통보다 좁고 팔뚝은 평균보다 두꺼운 예외적인 체형의 목수를 위해 옛 가정 교과서를 펴놓고 줄자로 몸 치수를 재어 목수 전용의 본을 완성했을 때 어찌나 뿌듯하던지.

목수에게는 새로 산 옷도 얼마 지나지 않아 허름한 작업복으로 만드는 재주가 있다. 외출복으로 점찍어 걸어놓은 좋은 옷도 결국은 일하는 길에 입고 나가 구멍을 뚫어놓든지, 목공용 접착제를 묻히든지 하여간 더 이상 외출할 때 입을 수 없는 모양으로 만들어 오곤 한다. 마침내 양복 말고는 멀끔히 입을 옷이 완전히 자취를 감추려 할 때쯤 이 웃옷을 만들었다.

최대한 단순한 디자인으로 환한 얼굴을 살려주고 싶어서 칼라를 없애고 단추마저 보이지 않게 달았다. 거추장스러운 소매를 싫어하는 옷 주인을 위해 소매 길이는 칠부로 조정했다. 입혀보니 딱 맞았다.

완성된 옷에 목수가 원한 것이 하나 있었다. "잘 보이는 곳에 꽃수를 놔줘." 꽃? 남자 옷에? "난 꽃이 좋아." 나는 속으로 웃으며, 채도가 조금씩 다른 세 가지 종류의 노란색과 두 가지의 녹색으로 조그만 꽃잎과 줄기를 수놓았다. 목수는 만족하며 다음번엔 꽃을 더 많이 넣어달라고 주문했다. 알겠노라 했다. 언젠가 누비 두루마기 한 벌 지어줄게. 화려한 꽃수를 잔뜩 넣어서.

레이스 조끼

원피스 본을 조끼로 바꿔 만들었다. 네 살이 된 아이가 하도 공주 옷을 찾기에 처음부터 아이가 좋아하는 분홍, 꽃무늬, 자글자글한 주름, 커다란 레이스의 조건을 모두 갖춰 만들기로 작정했다. 효과가 있었다. 조끼가 만들어진 겨울부터 이듬해 간절기까지 딸은 이 조끼만 주구장창 입었다.

아이는 바느질을 좋아했다. 바느질의 재미를 안다기보다 의당 때 되면 해야 하는 일로 생각하는 것 같았다. 아침에 세수하고, 배고프면 밥 먹고, 필요한 옷이 있으면 때때로 만들어 입고, 뭐 이렇게. 졸라대는 아이를 위해 뭉툭한 돗바늘을 구해 손에 쥐어주었다. 색색의 자수 실을 끼우고 둥근 자수틀에 천을 걸어주면 작은 손이 제법 앞뒷면을 오가며 바늘을 꽂고 뽑았다.

그리고 어느 날 손바느질에 잠시 정신을 쏟았다 고개를 들어보니 레이스 조끼를 입고 앉은 아이가 엄마의 바느질을 흉내 내고 있었다. 인형 앵두의 옷을 고치는 중이라고 했다. 그래, 어디 보자. 살펴보니 아이는 앵두의 옷소매를 칭칭 꿰매어 막는 중이었다. 웃음이 났다. 야, 멋지다. 너 바느질 잘하는구나. 그제야 활짝 웃는 아이. 정말? 그래, 딸아. 잘못된 바느질이란 건 없어. 하고 싶은 대로 해보렴. 언젠가 너만의 옷을 지어 입을 수 있을 테니.

고구마의
이데아

가을은 무르익을 대로 익다 그 절정에서 뚝 꺾일 것이다. 꺾이는 것이 두렵지는 않다. 알곡. 새로운 봄의 씨앗을 안전하게 갈무리해두었으므로. 작업실을 하루 쉬고 온 가족이 목수의 고향집에 다녀왔다. 고구마 수확 철이었기 때문이다. 바야흐로 가을은 결실의 계절이라 고구마 밭 가는 길목은 상 수수, 하 호박이었다. 철모르는 강아지 두 마리 앞세워 온 가족이 모자 쓰고 호미들고 수수 길 따라 고구마 밭으로 향했다.

도착하자마자 아버님은 밭에 자리 잡고 앉으시는데 목수는 밭 언저리에서 꾸물거린다. 가보니 아버님이 지게 내려놓으신 자리다.

"이것 봐. 나 어릴 때부터 쓰시던 건데."

신이 나서 지게를 걸머지더니 사진 찍어달라며 폼을 잡는다. 아버님이 뒷산의 잡목을 베어 만드신 지게는 그 무게만도 상당해서 나 같은 약골은 폼이라도 등에 져볼 엄두가 나지 않는다. 그러나 아버님은 꽉 찬 비료 부대나 쌀가마니 같은 것을 몇 개씩 지게에 얹은 뒤 가장자리가 다 닳도록 낡은 비닐 끈을 어깨에 대고 천

254

천히 자리에서 일어나신다.

우지끈한 지게의 무게에 허리가 숙여진다. 시선은 그대로 내려와 꽂혀 바닥의 잔 돌멩이를 바라본다. 짐을 나르는 잠시 동안 아무 말이 없다. 지게꾼을 침묵으로 이끄는 것은 대단히 복잡한 존재의 사색 같은 것이 아니다. 그저 지금 져 날라야 하는 쌀가마니의 무게일 뿐이다. 손으로는 나를 수 없는 무게를 감당하기 위해 지게의 만만찮은 무게를 또 더해야 하는 아이러니가 나를 아연케 한다. 지게도 바지게(물건을 올리기 위해 싸리나무 가지로 엮어 지게 위에 얹는 일종의 바구니)도 모두 손수 만들어 허리에 지고 다닌 지 수십 년. 세월에 단련된 등허리만이 이 무게를 '편리'로 받아들일 수 있으리라.

"찍을게."

잔뜩 폼 잡은 목수의 모습을 찰칵 사진기에 담았다. 지게를 자랑스러워하는 마음, 지게의 주인인 아버지를 존경하는 그의 마음도 함께 담겼다.

본격적으로 고구마 캐기에 돌입할 시간! 밭고랑을 타고 호미로 쓱쓱 흙을 뭉개며 나간다. 그러다 턱, 하고 호미에 걸리는 것, 고구마 뭉치다. 그때부터 손놀림이 조심스러워진다. 까딱 잘못하다간 섣부른 호미 날에 고구마 살이 찍힐 수도 있고 힘으로 뽑으려 들다가 중간에 뚝 끊겨버리기도 한다. 찍히거나 끊긴 자리에

"나 어릴 때부터 쓰시던 건데."

아버지 지게 지고 고구마 밭으로.

서 제일 먼저 곰팡이가 증식하기 때문에 그런 고구마는 내다 팔수 없게 된다.

나의 첫 이십 분 수확은 민망할 정도로 전부 호미에 찍히고 동강 난 고구마뿐. 그 밭은 모두 호박고구마라 캐내기가 더 어려웠는지 모른다. 호박고구마는 '괴근(괴물 뿌리채소)'이라 불릴 정도로 본디 생김새가 우불구불 큼지막하다. 거기 대면 한 주먹에 쏙 들어오는 밤고구마는 갓난아기 같다. '괴물'이라는 별칭이 괜한 것은 아니어서 구불구불 커다란 알맹이를 온전한 상태로 땅에서 뽑아내려면 무척 공이 든다.

"어유 힘들어. 꼭 유물 발굴하는 것 같아요, 어머니."

"그려. 꼭 그것마냥 하는 거야. 조심조심."

조심스럽게 흙을 걷어낸 뒤 고구마가 어느 정도 몸매를 드러내면 요령 있게 살살 돌려가며 뽑아낸다. 옳거니! 잘생긴 놈이 나왔구나, 좋아하는데 어머님 말씀이 그것도 아니란다.

"봐라. 위아래로 길게 골이 났잖니. 이렇게 파여 있으면 상품 가치가 없어. 그런 것 보냈다가는 싫다고들 전화 온단다."

농산물 직거래 경력 삼십 년의 어머니 말씀이니 틀림없다. 잘생긴 적당한 크기에 붉은빛이 영롱한 고구마였지만 골이 파였기 때문에 결국 떨이 상자에 담기는 신세로 전락했다. 사가는 사람들은 저마다 고구마의 이데아를 가지고 있는 것일까. 자신의 이상형에 어긋나는 고구마가 배달되어 오면 다들 무척 실망한다고 한다. 수많은 고구마 소비자들의 이상형이란 둥글둥글 보기 좋은 외모, 붉은색, 골이 깊은 곳도 껍질 까기 어려운 부분도 없고 너무 크지도 너무 작지도 않은 바로 그런 놈이다. 그러나 길거리에 어찌 전지현 같은 여자, 장동건 같은 남자만 다닐까.

"야, 아기 고구마다!"

딸아이 손바닥 위에 초소형 고구마가 덩그마니 올라 있다.

"괴물아, 넌 왜 이렇게 무겁니. 여기 누워 있어라."

양팔로 안아도 들기 힘든 대형 고구마를 끙끙거리며 옮기다 결국 포기해버린다. 어린 딸을 열광시킨 미니 고구마나 자이언트 고구마들이 땅속에는 훨씬 더 많다. 잘생긴 놈은 남한테 팔고 못생긴 놈은 내가 먹고. 못생긴 놈이라도 맛은 똑같으니 상관없다는 사람이 있으면 어이쿠 잘 됐네요, 좀 싸게 가져가세요, 이런 게 농사꾼의 사정이다. 상품가치라는 것은 고구마 자체의 가치와는 별로 상관없다는 것을 사람들은 알까? 동글동글 매끈한 최상품이건 커다랗고 쪽쪽 골이 파인 떨이이건 맛있고 싱싱한 고구마인 것은 다 똑같다.

온 집안 식구가 고구마 엉덩이 찾기에 몰입하는 사이, 딸아이는 할머니 부엌에서 들고 나온 살림살이를 흙 고랑에 늘어놓고 케이크를 굽는다, 밥상을 차린다며 소꿉놀이에 정신이 팔렸다. 새끼 풍산개 '이백호'와 발발이 '김똘똘'을 풀어놓고 졸졸 따라다니며 귀찮게 구는 것도 아이의 중요한 임무다. 고구마 담은 배부른 상자들을 경운기에 올려 집으로 옮길 때까지 어른들은 실컷 일했고 아이는 실컷 놀았다.

해는 기울고 해풍은 슬슬 식어간다. 하루 종일 허리 펼 새 없이 일했건만 육백 평 밭의 삼분의 일밖에 캐내지 못했다. 어구 구…… 둘러보니 아름다운 논과 들. 억새는 환한 조명처럼 석양빛을 받으며 흔들린다. 이 아름다운 계절을 즐길 틈도 농부들에겐 없다. 고구마 수확을 끝내면 다시 벼를 걷고 갈무리하는 바심이 돌아온다. 그날을 위해 목수는 작업실을 하루 더 쉬어야 한다.

탈탈탈…… 목수와 딸은 경운기 타고 이백호와 김똘똘은 꼬리 치며 그 뒤를 따른다. 부모님과 며느리는 호미와 곡괭이를 챙겨 해 지는 들을 건너왔다. 온 가족이 흙투성이였다. 딸각, 전깃불을 올리자 어두운 사위가 환해졌다. 무쇠 솥에 산처럼 쌓아 넣고 아궁이 불에 푹 쪄낸 고구마가 상에 올랐다. 왁자지껄 맛있게 한 솥 해치웠다. 들녘의 어둠이 깊어갔다.

가구의 값은
어떻게 결정되는가

1

가격 산출에는 공식이 있다. 지금까지도 목수의 공식은 '공임+재료비'다. 첫 주문부터 그래 왔다. 가로 세로 1미터 가량의 정사각형에 가까운 오디오장의 가격 45만 3천 원은 공임 30만 원(10만 원씩 사흘)에 재료비를 더한 값이었다. 사실 이건 '솔직한' 견적이 아니었다. 기술도 장비도 부족했던 시절, 주문해준 분이 고마워서 사흘 치 공임을 받고 열흘이나 매달려 만들었으니까. 많은 목수들에게 이런 경우가 찾아온다. 받는 것보다 더 많이 해드려도 아깝지 않은 경우. 그러니까 어쩌면 진짜 공식은 '공임+재료비+목수의 마음'인지도 모른다.

첫 주문으로부터 몇 년 뒤인 어느 해, 가로 130센티미터 길이의 입식 탁자를 납품하고 80만 원을 받았다. 지금은 목수 본인의 취향대로 만든 여러 가지 기계와 철제 본, 숱한 소형 공구들이 있다. 모아놓은 목재도 어느 정도 있고 계속해서 서천과 태안에서 통나무를 직접 구해 건조하고 있다. 마감도 하도제(목재 깊숙이 침투시켜 나무의 변형을 최소화하는 마감재), 상도제(겉면에 침투시켜 광택을 주는 마감재)의 천연오일을 따로 구비해 쓰고 있다.

여러 기계와 도구의 도움을 받지만 중요한 대부분의 과정을 손으로 처리한다는 점은 처음이나 지금이나 비슷하다. 달라진 것은 목재의 질, 디자인 그리고 완성품의 질감이다. 상판, 디딤대, 다리. 목수의 가구는 자연스러운 자신의 형태를 찾아가는 과정을 계속하고 있다.

80만 원짜리 탁자

공임　150,000원×4일=600,000원

재료비　200,000원

오일 마감이 포함되면서 제작 기간은 여기서 이틀가량 늘어났다. 그러니까 이 탁자의 실제 가격은 공임 30만 원을 추가해 110만 원 정도 된다. 주문하신 분은 경제적 여유가 있는 분이었다. 그래도 우리는 망설이며 가구 값을 올리지 못했다. 너무 비싼 게 아닐까? 자신의 가구를 진심으로 좋아해주는 분을 만나 신이 난 목수는 부족하나마 공을 들여 탁자를 만들었다. 제작 기간은 일주일이었다. 나흘 치 공임만 책정했어도 기뻤다.

실제 제작 기간과 공임 사이의 간극이 가장 큰 품목은 일반

탁자 80만 원, 의자 35만 원.

가격표의 숫자가 사연을 숨기고 있다.

적으로 의자라고 한다. 가구를 좋아하는 사람은 의자를 가장 좋아한다. 수집 대상이 될 정도로. 가구 만들기를 좋아하는 사람은 의자에 애증을 느낀다. 까다로운 도전의 대상이기 때문에. 아름답고 새롭고 편하고 실용적인 의자는, 만들기 어렵다. 온몸의 하중을 다 받고 여러 방향에서 오는 압력을 견뎌야 하는 의자가 아름다운데 튼튼하기까지 하다는 것은 사실 놀라운 일이다. 작업실에서 제작된 최초의 입식 의자는 35만 원이었다.

35만 원짜리 의자

공임   150,000원×2일=300,000원

재료비 50,000원?

실제 제작 기간은 3~4일. 공임도 재료비도 다 못 받는다. 그래서 의자 하나 값이 50만 원이 넘는 공방이라 해도 정작 그걸 만든 목수는 '제값 못 받으면서도 만들 수밖에 없는 것이 의자다. 목수의 가슴을 뛰게 하기 때문'이라고 얘기한다. 목수도 비슷하다. 의자 주문 앞에서 긴장과 도전정신을 느끼는 것도, 값을 다 못 받는 것도.

2

그렇다면 공식에 적용되는 단가는 적절한가? 최근 목수가 책정한 하루 공임 단가는 15만 원이다. 건설현장에서 어느 정도 기술을 익힌 노동자의 하루 임금이 16만 5천 원, 인테리어 목수의 임금은 18만 원에서 20만 원이라고 한다. 목수는 건설현장의 인부로 또 감독직으로 일한 경험이 있고 최근에도 미장, 용접, 전기, 건축물의 마감을 직접 처리하며 사람들을 고용해왔기 때문에 기술직 근로자의 임금에 대해 현실적인 감을 가지고 있다.

"기술직 목수로서 내 임금은 하루 20만 원가량이 적당해."

자기 연장을 가지고 오는 일꾼은 기본임금에 연장의 감가상각비를 더해 받기 때문이란다. 처음보다는 올랐지만 지금도 목수의 공임은 정확한, 정당한 값보다 조금 적은지 모른다. 기술의 가격이란 어느 시점에선 정확하게 따지기가 어렵다. 흥에 겨워 절로 흘러나오는 노래나 춤에 어찌 가격을 매길까. 목수의 손에서 비롯되는 기술도 그와 마찬가지다.

물론 가구 만드는 좋은 목수는 단순한 기술 노동자에 머물지 않는다. 우리 부부는 작업실 초창기부터 지금까지 줄곧 조지 나카시마 선생을 훌륭한 목수로 존경해왔다. 선생의 의자를 보기 위해 서울의 가구 갤러리에 찾아가 직접 앉아보고 어린아이처럼 좋아하기도 했었다. 나카시마 의자는 크기와 종류에 따라 3백만 원부터 1천5백만 원까지 값이 매겨져 있었다. 이것은 일반적인 사람들이 이 의자를 살 수 있나 없나를 생각한 가격이 아니다. 정확한 공임, 재료비, 운영비와 감가상각비, 유통마진과 이 모든 것을 제외한 이윤을 합한 가격일 것이다. 정확하게 셈하면 이런 가격이 나온다. 뛰어난 솜씨의 목수들이 당당하게 만들어 정석대로 값을 매긴 의자. 정확하게 계산할 수 있는 자신감이 있는 거다. 장인의 자신감이라고 해도 좋다.

목수는 아직 그런 수준의 장인이 아니다. 그가 말했다.

"지금 내가 받는 가격도 적다고 생각하지 않아. 내 실력, 내가 만드는 가구의 부족한 점을 감안해야지. 계속 해나가다 보면 정말로 좋은 가구를 만들고 떳떳하게 좋은 값을 받을 수 있을 거야."

3

떳떳한 좋은 값. 여기에 진짜 고민이 있다. 정당한 이윤의 비율, 정확한 공임, 그게 대체 얼마일까? 물론 일반적인 기준은 있다. 남들의 계산법을 따르면 된다. 한 공방의 지도자로 손색없을 정도의 기술과 디자인을 구현하는 훌륭한 가구제작자들이 하루에 25만 원이나 30만 원의 공임을 받는다면 언젠가 우리도 그 계산법을 따를 수 있다. 사람들이 가구 제작의 이윤으로 견적의 10~15퍼센트를 추가한다면 우리도 그럴 수 있다. 그렇게 하면 80만 원짜리 장식장의 가격은 155만 원이 되고, 얼마 전 납품한 95만 원짜리 서랍장 두 개는 180만 원이 된다.

처음에 목수와 나는 '값이 오르면 사람들이 살까?' 하고 격정했다. 이 걱정은 점차 줄어들고 있다. 가구가 훌륭하면 값을 따지지 않고 구매하는 이들이 늘고 있기 때문이다. 지금 우리의 고민은 매출보다는 상식과 가치관에 관한 것이다.

서랍장을 주문했던 분의 말씀이 기억난다. 그분과 목수는 서랍장의 기능과 디자인, 그리고 견적을 조정하기 위해 몇 번이나 이메일과 전화를 주고받았다. 가구 중에서도 특히 서랍이 많은 품목은 견적이 오르게 마련이다. 서랍 제작에 시간과 공이 많이 들기 때문이다. 고객은 견적을 낮출 수 있는 방법을 문의하셨다. 서랍 개수를 줄이는 방법, 집성(넓은 폭을 얻기 위해 판재를 이어 붙이는 방법)을 최소화할 수 있도록 크기를 조정해 공임을 줄이는 방법, 자재비가 상대적으로 비싼 나무를 적게 사용하는 방법……. 여러 가지 안을 설명해드리고 적절한 선에서 디자인과 견적의 타협을 보던 날, 협상의 마지막 메일에 그분은 이렇게 썼다.

제 사정에선 상당히 무리해서 주문하지만
금액을 깎아주십사 부탁하기보다는
잘 만들어주시길 부탁드립니다.

솔직한 그 말에 목수와 나는 마음이 움직였다. 언제나 생각해왔기 때문이다. 만약 우리 스스로 목수가 아니라면, 이렇게 좋은 가구를 돈을 주고 사서 쓸 수 있을까? 의자 하나에 수십만 원을 줘야 하는 식탁 세트를 마련할 수 있을까? 이렇게 좋은 나무의 감촉을 온몸과 마음으로 느끼며 살고 있는데, 단지 돈이 없기 때문에 자연과 인간의 기술이 주는 풍요로운 혜택으로부터 소외되어야 하다니.

서랍장을 납품한 다음 날, 주문하신 분은 잘 정리된 서재의 모습을 사진으로 찍어 보내주셨다. 쓰시던 책상 옆에 두 개의 서랍장이 마치 전부터 그 자리에 있었던 듯 자연스럽게 서 있었다. 서랍장이 마음에 드신 모양이었다. 생각했던 것보다 더 잘 어울린다고. 고맙다고. 만약 서랍장이 우리가 내드린 견적의 두 배 값이었다면 그분의 마지막 메일을 받지 못했을지도 모른다. 주문이 성사되지 못했을 테니까. '떳떳하게 받는 좋은 가격'의 결과가 그런 것이라면 대체 무슨 의미가 있는 것인지.

4

물건 값에 대한 사람들의 상식과 가치관은 많이 다르다. 상식에 기대어 값을 책정한다는 것은 혼란스러운 일이다. 탁자가 '비싼 것 같아서' 공임, 즉 일한 대가를 포기하면서 가격을 낮춰 받는 것이 정당한 일인가. 그러나 반대로 가구에 많은 돈을 들여 호사스러운 집을 꾸미라고 설득하는 것이 대체, 주문한 사람의 삶에 무슨 도움이 된단 말인가. 적게 벌어 적게 쓰고 자연과 가까운 삶을 사는 것이 행복이라는 우리 부부의 가치관에 그것만큼

"값을 낮추더라도 꼭 필요한 사람을 위해 만들 것인가?

제값 받고 더욱 흠 없는 가구를 만들 것인가?"

목수의 오랜 고민이다.

위배되는 일도 없을 것이다. 자연의 숨결을 담은 나무 가구가 왜 하필 많은 돈을 주지 않으면 구비할 수 없는 사치품이 되어야 한단 말인가. 한편으로는 하루 공임이나마 전보다 올라서 우리 집 형편이 나아지는 것이 다행스럽고, 또 한편으로는 경제적 여유가 있는 사람들만 좋은 물건을 쓸 수 있다는 이런 형식의 거래가 불편하다.

목수는 여전히 재료비에 최소한의 공임을 받고 있다. 그래도 어떤 사람들에게는 여전히 '너무 비싼' 가구다. 너무 비싼 가구를 만드는 덕분에 목수의 꿈이 피어나고 가족의 생활이 유지된다는 사실이 때로는 서글프다. 그러나 우리는 이제 시작이고, 답을 찾아나가야 한다. 정말로 떳떳한 가격, 좋은 가격이 무엇인지.

칠 년 전, 처음 만났을 때 남편은 아직 목수가 아니었다. 그때 그가 했던 말을 기억한다.

"나무로 무언가 만들어 건네주면 사람들이 기뻐해요. 그러면 나도 기분이 좋아져요. 그래서 목수가 돼볼까 하는데……."

그렇게 목수가 된 남편을 나는 믿고 있다. 우리들만의 답을 찾을 것이다.

목수와 함께한 칠 년.

나는 남편이 만든 탁자와 도마 위에서 빵을 만들고

아이는 아빠 의자에 앉아 엄마의 정원에서 따 온 열매를 먹는다.

어느 날 돌아보니, 이것이 우리의 가족사진이었다.

단호박

정원을 만든 첫해에 거름기 없는 마른땅에 심은 단호박은 열매 하나 달리지 않았었다. 다음 해, 음식물 찌꺼기를 삭힌 숙성된 퇴비를 땅에 섞고 4월 중순경 씨앗을 심어두니 5월에 싹이 나고 6월의 따가운 볕에 줄기를 왕성히 뻗어 마침내 호박 구경을 할 수 있었다.

단호박은 맛도 달콤하지만 수분 함량도 높아 촉촉하고 부드러운 질감이 필요한 요리에 넣으면 좋다. 단호박 수제비나 단호박 초콜릿 케이크처럼. 껍질을 벗기고 알맹이만 이용하는 경우가 많지만 사실은 껍질도 무척 맛있다. 표면을 잘 닦아서 반으로 갈라 씨를 빼고 껍질째 찐 다음 알맹이는 요리에, 껍질은 아이 간식으로 먹이면 좋다.

발라낸 씨앗은 물로 잘 씻어서 통풍이 좋은 그늘에 말렸다가 다음 해 심을 종자로 보관한다. 우연히 맛 좋은 단호박을 구해 먹고 씨앗을 잘 갈무리해둘 때의 기쁨이 상당하다.

까마중

화단에 '잡초' 싹이 올라오면 혹시 내가 모르는 유용한 풀일까 싶어 어느 정도 클 때까지 내버려둘 때가 있다. 그렇게 우연히 남겨져 자란 것 중 하나가 까마중이다.

4월 말에서 5월 초, 공터나 마당에 저절로 싹이 터 자라기 시작한다. 초여름이면 작고 하얀 꽃이 달리며 곧 열매를 맺는데, 한여름이 되면 주렁주렁 달린 열매가 별안간 까맣게 익기 시작한다. 여름부터 서리가 내릴 때까지 쉬지 않고 열매를 매다는 까마중은 마당의 간식거리가 동나는 가을 한철 공백기에 유일한 주전부리로 빛을 발한다.

까마중의 까만 열매는 입 안에서 톡 씹히며 달큰한 맛을 낸다. 씨앗이 작고 연해 따로 뱉어낼 필요가 없다는 점에서 베리류와 비슷하다. 맛도 괜찮아서 블루베리만은 못해도 시큼한 초코베리보다는 한 수 위다. 바로 따서 먹을 경우 많이 먹으면 독성이 쌓일 수 있으므로 유의한다.

단호박 포카치아

포카치아는 손으로 반죽을 치대야 하는 발효 빵 가운데 만드는 법이 가장 간단한 빵 중 하나다. 한번은 반죽을 치댈 때 우연히 동네 아이들이 놀러와 뚫어지게 쳐다보기에 "한 사람씩 돌아가며 주물러봐" 해서 온 동네가 같이 반죽을 완성했다. 결과적으로 아주 찰지고 말랑말랑 따뜻한 반죽이 만들어졌다. 나중에 소스에 넣는 발사믹 식초가 떨어져 아쉬웠는데 '일반 식초+양조간장+꿀'로 대체할 수 있다는 친구의 조언을 따랐더니 그럴싸한 맛이 나서 유용하게 써먹었다. 조리법은 「최고의 간식」(안세경 지음, 동녘라이프, 2011)을 참고했다.

재료

①단호박 1/4개(혹은 미니 단호박 1/2개) ②드라이이스트 2작은술, 미지근한 물(120㎖) ③밀가루(혹은 글루텐 함유 쌀가루) 300g, 올리브오일 2큰술, 소금과 설탕 약간 ④올리브 열매, 소스 재료(올리브오일+발사믹 식초 약간)

조리

①은 찜통에 올려 찐 뒤 속만 파낸다. ②를 섞어 녹인 뒤 ③의 모든 재료와 같이 섞고 여기에 마지막으로 껍질을 제거한 단호박 속을 넣어 반죽 재료를 완성한다. 잘 섞은 반죽 재료는 20분 이상 손으로 치대고 주무른다. 한 덩어리로 뭉친 반죽을 스테인리스 볼 안에서 철썩 소리가 날 정도로 던지고 다시 치대고를 반복한다. 찰지면서도 말랑말랑한 반죽이 완성되면 볼 안에 넣고 랩을 씌워 발효가 일어나도록 그냥 둔다. 한 시간 뒤 잘 부풀면, 가스가 빠질 정도만 손으로 다시 주무른 뒤 밀대로 밀어 편평하게 모양을 잡는다. 마지막으로 납작하게 썬 올리브 열매를 올려 190도 오븐에 17분간 굽는다. 완성된 포카치아는 올리브오일+발사믹 식초 소스에 찍어 먹을 때 한결 맛있다.

까마중 타르트

아이들은 작은 것이라도 엄마의 부엌일에 동참하는 것을 좋아한다. 처음엔 과자 반죽을 모양 틀로 찍는 것부터 시작했는데 나중엔 채식 타르트야말로 재미있게 협동할 수 있는 메뉴라는 걸 알게 되었다. 시트를 먼저 오븐에 구워낸 뒤 딸에게 크림을 떠 얹거나 과일을 마음껏 얹도록 해주면 좋아한다. 까마중, 오디, 딸기, 앵두 등 한입에 먹을 수 있는 제철 과일은 무엇이든 토핑으로 올릴 수 있다(단, 앵두는 포크로 씨를 미리 발라내야 한다). 너무 달지 않도록 단맛의 재료는 책(『버터 계란 없이 만든 채식 베이킹』, 박지영 지음, 청출판, 2009)에 소개된 타르트 크림 레시피의 절반 이하로 사용했다. 아몬드 가루는 통아몬드를 직접 믹서나 소형 절구에 가는 편이 시판 가루보다 한결 고소하다.

재료(16cm 타르트팬)

①두부 300g, 꿀 10~20g ②체에 친 가루(우리 통밀 120g, 베이킹파우더 1/4티스푼, 전분 1테이블스푼, 소금 약간, 아몬드 가루 30g) ③금방 따서 흐르는 물에 씻은 까마중 한 대접

조리

[크림] ①을 믹서에 갈아 크림 상태로 만든다. 차가운 것을 좋아하면 냉장고에 넣어 식히고 그렇지 않으면 그냥 먹어도 따뜻한 느낌이 괜찮다.
[시트] ②를 가볍게 섞어 반죽을 만든 뒤 타르트 틀에 넣고 얇게 덧씌우는 느낌으로 편평하게 눌러 편다(원래는 균일하게 밀대로 밀어 틀에 씌워야 하지만 간단하게 틀 안에서 바로 반죽을 펴도 된다). 180도 오븐에서 15분간 구워 한 김 식힌다.
[완성] 시트에 크림을 가득 채우고 원하는 만큼 까마중을 올린 뒤 조각으로 썰어 먹는다.

겨울

갈무리, 꿈,
그리고 집으로

감나무 집의
낙원

마을 입구에서 올려다보면 까마득히 먼 듯했다. 산중턱에
자리한 키 작은 농가 한 채. 그 곁을 아름드리 감나무 한 그루가
지키고 있었다. 그 나무가 하필 감나무라는 것은 어찌 알았을
꼬? 크리스마스 장식처럼 휘감아 돋아난 붉은 감 때문이었다. 숲
의 잎사귀들이 엽록소의 푸른빛을 거둬 컴컴한 땅속뿌리로 양
분을 돌리는 계절. 붉게 익은 감들만 남아 등불처럼 환하게 주변
을 밝히고 있었다.

사실 그리 먼 길은 아니었다. 마을 꼭대기에서 산으로 접어
들지 않고 옆길로 빠져 오르막길을 짚어가다 보면 곧 감나무 집
이었다. 나는 이 집이 좋았다. 어느 해 봄, 손바닥만 한 이 댁 논바
닥에 유독 맑고 찰진 물이 찰랑거리는 걸 산책길에 우연히 발견
한 뒤부터였다. 천방산의 이끼 낀 계곡 바위와 나무뿌리를 거쳐
흐른 물은 콸콸콸 졸졸졸 쏟아져 내려 감나무 집 앞마당이나 다
름없는 자그마한 논을 빈틈없이 메웠다. 가만히 손을 넣어 저어
보니 과연 쫀쫀하고 시원한 촉감이 방금 내린 빗물과 같았다. 생
명을 잉태하는 살아 있는 물. 게다가 그 풍광은 또 얼마나 정겨운
지. 논둑 앞 목련의 구부러진 등걸이 마치 물 한 모금 얻어 마시려

는 나그네처럼 물에 잠길 듯 말 듯 고개를 숙인 채 하얀 꽃을 피우고 있었다. 꽃그늘 아래 꼬물거리는 새까만 올챙이 떼는 딸아이 차지였다. 올챙이 구경을 핑계 삼아 우리는 감나무 집 근처로 종종 산책을 나갔다.

그러던 어느 날 여느 때처럼 아이와 손잡고 뒷산을 걷다가 지게를 지고 앞서 가는 할아버지 한 분을 만났다. 걸음을 멈춘 할아버지는 지게를 내려놓고 소나무 숲 그늘로 들어가는가 싶더니 열 지어 세워놓은 나무토막 사이를 돌며 버섯을 땄다. 안녕하세요. 인사를 건네자 백발의 고개가 한 번 끄덕, 움직였다. 우리는 잠시 후 할아버지가 다시 지게를 걸머지고 저 너머 숲 속으로 사라지는 모습을 지켜보았다.

그 할아버지를 감나무 집에서 다시 만났을 때 나는 무척 반가웠다.

"얘, 인사 드려야지. 안녕하세요!"

아이를 앞세우고 함박웃음을 지으며 큰 소리로 인사를 드렸는데 할아버지는 우리를 못 알아보셨다. 약주 한잔 걸치신 모양이었다. 방에서 부스럭부스럭 봉지를 뒤지시더니 사탕 두 알을 아이에게 내미셨다. 할아버지 댁 마당은 잔칫날 같았다. 버섯, 호박, 무, 감, 온갖 산나물……. 날것으로 혹은 찌거나 데친 것으로 말릴 수 있는 가을의 수확물이란 수확물은 모두 그 댁 마당에 있었다. 마당 귀퉁이부터 딛고 올라서는 돌쩌귀까지, 비닐을

깐 흙바닥부터 처마 아래까지 빈틈이 없었다.

"할멈이 집에 없는데."

"감을 파신다고 해서 왔어요. 곶감 만들 건데요."

할아버지가 내주시는 종이에 이름과 전화번호, 필요한 개수를 적고 돌아왔다. 며칠 뒤 감나무 집 안주인으로부터 연락이 왔다. 우리는 이백 개의 감을 샀다. 그 정도면 겨울을 날 수 있을 것 같았다. 감 이백 개를 본 목수는 한숨을 쉬더니 과도를 잡고 티브이 앞에 앉아 첫 한 시간 동안 감 삼십 개를 깎았다. 그다음 한 시간 동안 오십 개. 이틀 동안 두어 시간씩 이백 개의 감을 다 깎았다.

깎은 감을 줄로 옭아매는 일은 어렵지 않았다. 감꼭지마다 구부러진 나뭇가지가 조금씩 달려 있었기 때문이다. 쉽게 끈을 끼울 수 있도록 이렇게 적당히 가지 끝을 남겨놓아야 베테랑의 솜씨라고 했다. 높은 곳의 감을 따려면 먼저 사오 미터는 족히 넘는 큰 대나무를 베어 장대를 만들고 그 끄트머리를 낫으로 찍어 살짝 벌린다. 장대를 높이 세워 보이지도 않는 저 꼭대기의 나뭇가지를 끄트머리 틈에 끼우는 일은 신기에 가깝다. 대롱대롱 감이 매달린 잔가지를 살짝 비틀어 똑 분지르고 무사히 아래로 실어 오기까지 쉬운 일이란 없다.

감을 더 사야겠다고 생각한 것은 한 줄에 열 개씩 스무 줄의 감을 처마에 매단 직후였다. 스무 줄이래봐야 얼마 안 됐다. 아니나 다를까 얼마 지나지 않아 차가운 새벽서리, 따가운 오후 햇볕에 쫀득쫀득 말라가는 감을 오가며 하나둘 빼먹기 시작했고 며칠 새 절반 가까이 식구들 입 속으로 사라져버렸다. '곶감 빼먹듯 한다'는 말을 실감했다. 결국 우리는 감 삼백 개를 더 샀고, 목수는 이번엔 시간당 육십 개씩 감을 깎아 널었다.

"감이 맛있어요. 내년에는 아예 오백 개쯤 사야겠어요."

그러자 할아버지 말씀이

"내년에 저 나무가 있을지 몰러. 올해도 콱 비 버릴려다 말았어. 내다 파는 거야 좋은디 감 따기가 아주 지럴이여. 나무가 높아가지고서는 따기가 어려워. 감이고 머고 다 비 버리고 말어야 이 짓을 안 허지. 에히."

그해 말린 곶감 오백 개는 긴긴 겨울의 절반도 채 지나기 전에 다 먹어 치우고 말았다. 나가 놀 수도 없는 한겨울의 심심함이 곶감 빼먹는 재미로 술술 달래졌다. 다음 해 다시 감나무 집을 찾았을 때 나는 속으로 곶감 칠백 개쯤은 있어야 겨우내 먹겠구나 계산하고 있었다. 장에 내다 파시기 전에 먼저 말씀드릴 요량으로 좀 일찍 찾아갔다.

"감이……."

감나무는 텅 비어 있었다.

주인들은 손사래만 쳤다. 아무것도 없다고 했다. 왜요? 왜 감이 하나도 없어요? 몰러. 올해는 하나 되는 게 없네. 앵두도 안

되고 오디도 죄 병들더니, 감 열린 것도 얼마 안 되는데 그나마 익기도 전에 다 떨어져버렸다고 했다.

"나무가 늙었어. 비야지. 인자는."

할아버지가 말씀하셨다. 방에 들어가 뒤져도 알사탕이 하나도 없다며 미안해하셨다.

나는 뒷산 감나무 집의 곶감이 좋았다. 멀지 않은 곳에 조용하고 소박한 낙원이 있다는 사실을 곶감을 말리며 확인하고 싶었다. 그해 우리는 목수의 고향집에서 따 온 감 한 봉지를 깎아 한쪽에 널었다. 지난해에 비하니 처마 아래가 텅 빈 듯했다.

지게 메고 산등성이를 넘어가던 할아버지의 모습이 눈앞에 그려진다. 나를 꿈꾸게 하던 붉은 등불의 나무가 눈에 선하다. 나무가 수명을 다하면 베어지기도 하고, 사람이 주어진 시간을 다 쓰면 흩어져 바람과 물이 되기도 한다. 봄 논의 올챙이들은 다 어떻게 되었을까? 눈에 보이지 않는다고 슬퍼할 필요는 없다. 때가 되면 새로운 생명이 시작될 테니까. 그래도 지금 슬프다면 잠시 그대로 슬퍼해도 괜찮지 않을까. 보이지 않는 것들의 계절, 겨울이니까.

뭐라도 하지 않으면
이 겨울을 견딜 수 없다

겨울은 사계절 가운데 가장 길다. 아궁이에 불 넣는 기간은 장장 오륙 개월에 달한다. 서리 내린 밭은 얼었다 녹았다를 반복할 뿐 정원사의 손길을 침묵으로 사양하고 쉴 틈 없이 돌아가는 목수의 작업실도 바깥세상을 점령한 추위에 얼어붙는다. 어둠의 신은 일찌감치 두꺼운 담요를 펼쳐 창백한 시골 하늘을 덮어 재운다. 밤은 길다. 날이 가고 달이 가도 겨울, 또 겨울. 아, 무어라도 할 거리를 찾지 않으면 이 시간을 끝장낼 수 없다. 시골의 겨울은 적막한 우주선에서 맞이하는 밤 같고, 삶이라는 임무를 부여받은 우주인인 우리는 할 일을 찾아내 몰두한다.

난로

작업실의 겨울은 추위와 함께 찾아온다. 추위의 날카로움은 맞서 대항하기보다 따뜻한 입김으로 살살 달래야 한다. 목수는 불을 지필 난로를 만든다. 육 년 전 처음 만든 열기 반 연기 반의 허술한 드럼통 난로에 비하면 설계도까지 갖춘 현재의 난로는 얼마나 큰 진전인가. 이제 그의 난로는 완전연소를 실현한다. 땔감은 완전히 타올라 재를 거의 만들지 않는다. 한창 나무에 불이 붙

을 때 난로 내부의 온도는 8백 도에서 1천 도까지 오른다. 철공소에서 재단해 온 6밀리미터 두께의 철판을 작업실 마당에 부려놓고 목수는 서두르는 기색도 없이, 일감과 일감 사이에 짬짬이 용접에 몰두한다.

그러던 어느 날 난로의 여닫이문(장작을 넣는 문)이 유리로 바뀌어 있었다. 땔나무를 다 넣은 뒤 문을 닫고 난로 앞에 앉았다. 깨끗하게 닦인 작은 유리문 너머로 넘실거리는 불길의 춤이 보였다. 타닥타닥 타다닥, 난롯불이 타오른다. 불꽃의 고요한 춤이 어두운 겨울의 한때를 달랜다. 이 평화로움이 난로의 안온한 열기에서 나오는 것인지, 한 사람의 순한 영혼에서 나오는 것인지 분간이 되지 않는다. 불의 힘은 신비롭다.

그러나 이 순간을 가능케 하는 것이 목수의 기술이라는 사실 또한 분명하다. 다른 많은 난로 제작자들처럼 그도 난로 내부의 구조를 설계해 특정한 대류 현상을 일으킬 수 있다. 유리문이 그을음에 더럽혀지지 않고 오랫동안 투명하게 불꽃을 비칠 수 있는 것은 장작 투입구 안쪽에 형성되는 공기의 막, 일명 '에어 커튼' 때문이다. 에어 커튼은 유리문 앞에 형성된 상승기류의 결과물로 거기에는 어떤 신비도 없다. 그러나 목수는 불꽃에 도취해 하염없이 흘려보내는 나의 시간을 나무라지 않는다. 나는 이 순간 내 마음을 적시는 감동의 토대가 커다란 전류 집게로 양극과 음극을 조절하는 목수의 전기용접기에서 시작되었다는 사실이 불쾌

지푸라기가 바구니로 엮이고 난로의 불길이 일었다 사그라진다.

복잡하게 살지 않아도 좋다는 생각이 든다.

하지 않다. 우리는 다르다. 그러나 함께 이 겨울을 보낼 수 있다.

새끼 꼬기

작업실 바람벽에는 주말 농사를 짓는 집주인이 추수 뒤 거둬들인 짚단이 쌓여 있었다. 주인의 허락을 얻어 짚 한 단을 내렸다. 텃밭을 덮어주는 데 절반쯤 쓰고 남은 짚으로 목수는 내게 새끼 꼬는 법을 가르쳐주었다. 새끼 꼬기는 어렵지 않았다. 사실 필요한 것은 두 가지뿐이다. 볏짚, 그리고 방법을 알려줄 선생님.

논농사를 직접 짓지 않는 뜨내기 거주민이 볏짚을 얻기란 생각보다 어렵다는 것을 지난 몇 년간의 시골살이가 알려주었다. 농부들은 자기 논의 부산물인 짚을 아낀다. 겉흙을 덮는 멀칭용으로 사용하거나 거름을 만드는 데 쓰기 때문이다. 최근에는 사료로 판매하기 위해 대형 볏짚말이 기계로 논바닥을 싹 긁기 때문에 기러기나 오리 떼마저 빈 논에서 먹이를 구하기 어려울 정도다. 많은 양의 짚을 구하려면 이웃에게 얼마간의 사례를 치러야 한다. 논에 버려진 짚이라도 허락 없이 안고 왔다간 뒷말을 듣게 될지 모른다.

새끼 꼬는 법을 가르쳐줄 사람을 찾는 것도 쉽지 않다. 짚이 소중한 재산인 것과는 반대로, 새끼 꼬기란 나이든 농부들이 생각하기에 배워봤자 신통치 않은 낡은 기술에 불과하기 때문이다. 정작 자신의 창고에는 겨우내 꼬아둔 기나긴 새끼줄 뭉치가 여러 가지 필요에 대비해 고이 모셔져 있다 하더라도, 천 원짜리 두어 장이면 질긴 비닐 끈 뭉치를 맘대로 사다 쓸 수 있는 시대에 고릿적 새끼 꼬기가 웬 말이냐는 투다. 이것은 정말 아쉬운 일이다. 기나긴 겨울밤, 두 손을 비벼 짚새끼를 꼬아내는 일보다 더 생산적이고 보람 있는 일 또 있을까?

작업실 툇마루에 앉아 볏짚을 삼는다. 오후의 햇살이 무릎을 따뜻이 적신다. 나는 시계를 확인하지 않는다. 새끼줄이 저만치 길어져 있고 그 길이만큼 시간은 흐른 것이다. 새끼줄이 어느 정도 쌓이자 목수는 바닥이 둥근 작은 바구니 '동구미'를 만드는 법을 마저 일러주었다. 뭐든 쉬운 일이 없다. 꽉꽉 눌러 틈새 없이 올을 맞춰 넣으려니 힘이 달린다. 아무려나 첫술에 배부르랴. 세월이 흐르면 솜씨도 나아지겠지.

자수

시간의 승부라면 또 자수만 한 것이 없다. 어느 해 가을, 친정어머니께 선물 받은 자수 책을 교본 삼아 집안일과 정원일 틈틈이 쉬는 시간이란 시간은 죄 끌어모아 모란수를 놓은 적이 있었다. 폭 5센티미터 남짓한 꽃 한 송이 피워내는 데 나흘 너머 걸렸다. 이것은 도처에 생명이 약동하는 봄가을이나 무더위에 늘어진 여름에 할 일이 아니다. 문을 꽁꽁 닫고 들어앉아 찬바람 새는 창틈까지 틀어막고 지루함에 몸서리치는 겨울의 일이다. 무채색의 추운 계절은 초록, 분홍, 노랑, 주홍…… 색실들이 펼치는 잔잔한 농담濃淡을 반길 것이다.

　사실 나는 장식을 위한 장식은 좋아하지 않는다. 대신에 무언가 실용적인 이유가 있는 것에 끌린다. 자수의 쓸모는 무엇일까? 온갖 섬세한 프린트가 그려진 천을 시장에서 얼마든지 찾을 수 있는 시대에 설마 문양 그 자체가 중요하지는 않을 테고, 더군다나 함부로 비벼 빨 수가 없기 때문에 쉽게 더러워지는 아이 옷에는 어울리지 않는다. 역시 나로선 수를 놓기 위해 시간을 투자한다기보다 시간을 보내기 위해 수를 선택하는 것이라고 봐야 한다. 시간을 보내기 위해서라고? 세상 물정 모르는 한가한 소리로군. 그러나 잠시 겨울을 겪어보라. 티브이를 끄고 나인 투 식스의 생활에서 걸어 나와, 뒤늦게 떠오르고 어느새 저무는 태양의 조용한 발길을 따라가보라. 벌판에 휘몰아치는 바람을 지켜보라. 하루 열 번 시내버스의 운행마저 끊긴 폭설 뒤의 고요를 받아들여보라. 새벽까지 자수 책을 뒤지는 사람의 마음을 알 수 있을지 모른다.

　폭설이 내리고 또 녹은 뒤에도 영하의 추위는 오랫동안 이어졌다. 그러나 영원한 계절이란 없는 법이다. 그렇다는 사실을 이 겨울, 알면서도 그 끝을 의심하게 되는 이 계절에 특히 여러 번 떠올려야 할 뿐.

바늘귀의 색실,

눈사람 얼굴의 까만 열매.

솜의 꿈,
목화

1

산너울 마을로 이사 들어오던 그해 겨울, 옆집 어르신이 봉지를 건네주셨다.

"이 집 주인이 심어만 놓고 거두지는 못했어. 아까워서 모아 놨어."

작은 비닐봉지에 꽉 차게 솜이 들어 있었다. 목화야. 이게요? 몽글몽글 누리끼리한 솜뭉치를 손에 들고 비벼보니 속에 검고 크고 단단한 씨앗이 여럿 들어 있었다. 이거 솜으로 쓰려면 씨를 발라야겠는걸, 하고 생각한 지 꼭 일 년 만인 다음 해 겨울 마침내 그 씨를 다 발랐다.

솜뭉치 속 여남은 개의 씨앗은 쉽게 발리지 않았다. 솜 한 가닥 한 가닥이 씨앗의 표면에 질기게 붙어 있어 엄지와 검지로 하나하나 잡고 뜯어내야 한다. 목화에서 씨를 빼내는 '씨아기'라는 작은 틀이 있다는 얘기는 들었지만 바쁜 목수가 어느 세월에 씨아기를 만들어 집으로 가져올까. 한 봉지뿐이니 후딱 해치우자! 했으나 '후딱'은 꿈이었다. 이삼 주쯤 꼬박 쪼그리고 앉아 고개 숙이고 만지작거리며 일을 끝냈다. 골라낸 씨앗이 소설책만 한 크기의 지퍼백에 한 가득이었다. 솜도 생각보다 많았다. 여자용 얇은 배자(앞을 여미는 조끼) 하나 만들 만큼은 될 것 같았다.

비록 엄지와 검지 손가락 마디가 저릿저릿 저려왔지만, 그럼에도 불구하고 이렇게 솜을 얻어 배자 한 벌씩 만들어 입을 수 있다면 일 년에 한 번씩 목화의 솜을 발라내는 일도 괜찮지 않은가.

2

이듬해 봄, 인터넷으로 목화 모종을 주문했다. 며칠 뒤 모종 오십 개가 든 박스 하나가 도착했다. 상자를 열어보니 이제 겨우 떡잎 두 장 간신히 나온 어린 모종이었다. 신이 나서 바로 다음 날 화단에 옮겨 심었다. 그리고 하룻밤 자고 일어나보니 떡잎의 대부분이 얼어 죽어 있었다. 4월 중순경인데도 노지에는 아직 서리가 내렸던 것이다. 간신히 즉사를 면한 모종들을 살리기 위해 부랴부랴 검은 퇴비를 주변에 뿌리고(태양복사열을 흡수해 지표의 온도를 높일 수 있다) 비닐로 덮어 보온을 해주었지만 이미 때는 늦었다. 시들시들하던 모종은 며칠 안에 전멸했다. 다시 인터넷 종묘상을 찾았지만 그사이에 모종은 품절.

그러다 우연히 토종 씨앗을 나눠주는 제주씨앗도서관이라는 곳이 있다는 걸 알게 되었다. 제주도에서 목화씨가 담긴 하늘색 편지봉투가 도착한 것은 4월 마지막 주였다. 반드시 성공해야 한다는 열의와 조바심으로 일부러 모판에 씨앗을 뿌렸다. 노지에 뿌린 목화의 발아율이 50퍼센트에 불과하다는 내용을 책에서 읽은 참이었기 때문이다(이것은 내 경험과 다르다. 이듬해 5월 초순, 노지에 뿌린 목화 종자의 90퍼센트 이상이 발아했다. 목화는 씨앗의 상태가 발아율에 결정적인 영향을 미친다. 씨앗이 건강할 경우 발아가 쉽게 이루어지므로 노지에 바로 파종하는 것이 좋다고 생각한다).

아침마다 물 준 지 열흘 만에 모판에 싹이 올라왔다. 어찌나 반갑던지 박수 치고 춤을 출 지경이었다. 토종 목화 씨앗 여남은 개 중 파종 후 열닷새 만에 여섯 개의 싹이 고개를 내밀었고 그 뒤로 더 올라온 싹은 없었다.

넉넉히 거름을 넣고 양지바른 곳에 심은 목화는 6월의 뜨거운 볕에 본격적으로 자라나기 시작해 한 달 만인 7월 중순 마침내 꽃을 피웠다. 하얗게 피어난 청초한 꽃은 하루 이틀 지나자 분홍색으로 무르익고 곧 져버렸다. 짙은 연둣빛 이파리가 사방을 메워 꽃 자체가 돋보이는 식물은 아니었지만, 목화꽃 보는 재미에 여름 더위를 잊는다는 말은 사실이었다. 꽃받침 속에서 돋아나 영글어갈 씨앗과 솜을 기대하는 재미였다.

8월의 어느 아침, 풀벌레들의 황홀한 오케스트라에 도저히 그냥 앉아 있을 수가 없어 고무신에 발 구겨 넣고 마당에 나섰다. 그런데 어, 저것은…… 솜꽃! 솜이 맺혀 있었다. 두 송이. 태어나서 솜을 처음 본 사람처럼 기뻤다. 나중에 살펴보니 꽃잎이 진 뒤 꽃받침은 둥글고 단단하게 솟아오르며 봉긋한 몽우리가 잡혀갔다. 성장을 마친 몽우리의 초록색 껍질은 점차 물기를 잃고 갈변하며 말라간다. 완전히 마른 몽우리가 훅, 터지는 날 새하얀 솜이 뽀얀 얼굴을 드러내는 것이다. 열매 상태일 때 따 먹으면 맛이 좋다고 하는데 씨앗 받을 생각에 아까워 단 하나도 따 먹지 못했다.

가을로 들어서며 잘 자란 목화의 키는 1미터를 훌쩍 넘겼다. 위에선 꽃이 피었다 지고 아래에선 솜꽃이 무르익다 벌어지고. 그러다 10월 중순을 넘어서자 설령 꽉 차 보이는 열매라 해도 더 이상 솜꽃을 피워내지 못했다. 때가 왔다. 여섯 포기의 목화를 모두 뽑아 그 자리에 뉘었다. 육 개월간 애지중지 보물처럼 키워온 식물의 뿌리가 공중에 드러나는 순간, 시간의 물살을 느꼈다. 또 한 번의 겨울이 다가오고 있다는 것을.

3

갓 따서 이슬에 젖은 솜 다발은 한나절 볕과 바람에 물기를

1   4월 말의 목화 떡잎.

2   한여름의 청초한 꽃.

3   솜을 안고 봉긋해진 열매.

말린 뒤 헤집어 씨를 빼낸다. 누비솜을 만들어볼까? 전통적인 방법을 찾아보니 솜을 쓰기 위해서는 먼저 대나무를 휘어 만든 활줄로 솜을 탁탁 쳐서 뭉친 데를 풀고 낱낱이 부풀려야 한다고 되어 있다. 당장 눈앞에 활줄이 없으니 길이 막힌다. 혹시나 하는 마음에 전화번호를 눌러본다. 천연염색에 이끌려 귀촌한 이웃의 작업실. 오, 역시 천을 많이 다루는 분이라 정보를 주신다.

"손으로 살살 뜯어서 나풀나풀 쌓으면 돼요. 페이스트리처럼 여러 겹으로. 혼자 못 하겠으면 가지고 와요."

걸어서 이십여 분 거리를 한달음에 내려갔다. 규모는 작아도 제법 솟을대문까지 갖춘 오래된 제실이 바로 그분의 작업실이다. 거기 대청에 앉아 누비솜 쌓는 법을 배웠다. 손으로 살살. 아껴 먹는 솜사탕처럼 가늘게 한 꼬집 발라낸 다음 양손의 엄지와 검지로 맞잡아 뜯으며 보드랍게 부풀린 뒤 바닥에 누인다. 들뜨지 말고 서로 잘 붙으라고 손바닥으로 꾹꾹 눌러가면서. 쉬지 않고 가만히 면을 채워가다 보면 얇았던 한 가닥 솜에 점차 너비와 두께가 생겨난다. 한 시간 넘게 쌓으니 손바닥 크기의 도톰한 누비솜 한 장이 완성되었다. 이렇게 여러 장 만들어둔 솜은 나중에 쓸 만한 크기로 붙여 쓰면 된다. 따뜻한 옷 한 벌 지으려면 이런 솜 몇 장이 필요할까? 고개가 절로 도리도리 돌아간다. 겨울의 시간이 아니라면 할 수 없는 일이다.

내 꿈은 목화솜에서 자아낸 실로 무명을 짜는 것이다. 모시의 명맥이 서천에 남아 있듯 경상북도는 도 지정 무형문화재로 무명 짜기 기능을 보호하고 있다. 그러나 어디로 찾아가 누구에게 배울 수 있는지에 관한 정보는 쉽게 나오지 않는다. 기술에도 멸종위기종이 있다. 1990년대 초 발간된 '뿌리깊은나무'의 민중자서전 시리즈는 전통 방식대로 쇠를 달구고 나무 깎는 기술이 마지막 전수자의 손에서 더 이상 전해질 곳이 없는 현실을 보여준다. 불과 백 년 전까지만 해도 일상적으로 번성했던, 필요한 것은 재료와 사람의 손뿐이라는 점에서 단순하며 그 손이 구현하는 과정 자체는 정교하고 차원 높았던 기술들이 이제는 많이 사라지고 없다. 장인이란 사라져가는 인생 유형인 것이다.

세상 모든 사람이 다 목화를 키우고 실을 자을 수는 없다. 문익점 선생이 처음 목화를 들여와 열렬한 환영을 받았던 칠백 년 전에도 모든 여성이 베짜기 기술을 좋아한 것은 아니었을 것이다. 그렇더라도 몇 다리 건너 한 사람쯤 무명길쌈 할 줄 아는 이가 있다면 괜찮지 않은가.

대단히 거창한 꿈도 아니고 그저 천 짜는 법을 배우겠다는 것뿐이다. 언젠가 기회를 노리고 있다.

밭에서 숨이 난다.

모든 것의 시작은 자연이라는 사실이

나는 여전히 놀랍다.

알고 있니?
겨울이 열매의 계절이란 걸

아버님의 생신을 축하드리러 가족들이 모였다. 간단한 당근 빵 반죽을 케이크 틀에 넣어 굽고 데친 두부와 꿀, 갓 짠 레몬즙으로 크림을 만들어두었다. 빵 위에 크림을 얹기 전, 아이에게 바가지 하나를 들려 우거진 소나무 숲길에 올랐다. 케이크를 장식할 색색의 열매 몇 개는 구할 수 있으리라. 배고픈 새들이라도 눈 덮인 산속에 약간의 열매는 남겨두는 법이니까.

겨울이 열매의 계절이라는 것은 산책길에 우연히 발견한 사실이었다. 얼마 전까지 등등한 기세로 숲의 입구를 막았던 관목의 가지들이 한겨울 추위에 잎을 떨구고 바싹 말라 움츠러든다. 그러면 우거진 숲의 입구가 비로소 열리고 나무마다 가리었던 보물이 드러나는 것이다. 찔레 덤불에는 성냥의 작은 촉을 연상시키는 빨간 열매가 삐죽이 머리를 내밀고 있다. 산수유나무는 다소 기운이 빠진 듯 작게 쪼그라든 열매 몇 점을 선보인다. 청미래덩굴의 구슬처럼 커다란 열매와 배배 꼬여 목질화한 덩굴손을 처음 숲에서 발견했을 땐 무척 기뻤다. 크리스마스 화환을 장식하는 바로 그 덩굴! 모양이 잘 잡힌 줄기를 꺾어다 화환을 만들어

현관에 걸어두었다.

겨울의 가장 선명한 포인트는 좀작살나무의 열매가 아닐까. 아이가 아장아장 걸어 다니던 시절, 아이의 손을 잡고 서울숲에 다니러 갔다가 좀작살의 보라색 열매를 처음 보았다. 물감을 칠해놓은 것처럼 선명한 보라색은 자연 그대로의 색 같지가 않았다. 인공의 것이 더 선명하고 인상적이라는 생각이 아직 내 안에 있었나 보다. 궁금해서 찾아봐도 명패가 없기에 근처에서 화단 손질하던 아주머니께 일부러 여쭤보고 이름을 기억해두었다. 바로 그 좀작살나무의 덤불이 이웃집 뒤뜰에 우거져 있는 것을 발견했을 때 얼마나 반갑던지.

"아이 예뻐!"

아이도 냉큼 달려간다. 이웃의 허락을 얻은 뒤 한 움큼 열매를 따서 바구니에 담았다. 가지를 끊어다 흙에 꽂아놓기만 하면 뿌리를 내리고 살아날 정도로 생명력이 강하니 언제든 가지를 쳐 가라고 하셨다. 이 나무 하나만 있으면 겨울에도 심심치 않겠구나 싶어 얼른 그러마고 찜해두었다. 좀작살의 보랏빛에 설렌 아이의 마음은 두꺼운 옷을 껴입고 겨울바람에 찰싹찰싹 뺨을 맞아도 상관없는 듯했다. 내친 김에 마을의 이 집 저 집을 두리번거리며 사철나무의 주홍 열매, 구슬다발 같은 남천의 붉은 열매까지 몇 꼭지 얻어왔다. 담아놓고 보기만 해도 아름다운 무지개색의 열매였다.

시댁의 소나무 숲은 보기보다 깊었다. 수령 사오십 년은 족히 될 법한 나무들이 용트림하듯 뻗어 올라가고 있었다. 태안의 야산은 특히나 소나무 아닌 잡목의 비율이 낮다는 것을 실감했다. 목수도 고향의 숲에서 좋은 소나무를 종종 얻어왔으니까. 잠깐 산책하는 사이 한 바가지 가득 열매를 따고 주웠다. 눈 속에 핀 들꽃도 몇 송이 땄다. 흐르는 물에 씻어 말린 다음 생신 케이크의 장식을 아이에게 맡겼다. 잘 발린 두부크림을 다 긁어놓을까 봐 내심 조마조마했는데 예상외로 아이의 손놀림은 신중하고 정확하다. 원하는 자리에 꽃과 열매, 그리고 작은 촛불을 잘 꽂아 넣었다.

"할아버지, 생신 축하드려요."

들릴락 말락 한 귓속말. 손녀딸의 축하인사를 받고 아버님 얼굴의 주름들이 웃는다. 나지막한 불빛을 받은 주름들이 새삼스럽다. 나도 언젠가 저러한 노년의 모습으로 기억되겠지. 내 딸이 낳은 아이에게 나는 처음부터 끝까지 할머니의 모습일 테니. 내게도 열띤 청춘, 삶의 무게를 실감해가는 삼십대와 사십대, 막 끼기 시작한 기미가 속상해서 거울을 닦아버리던 날들이 있었다는 것을 그 애는 상상 속에서나 떠올릴까? 문득 아버님의 노년이 찡하게 다가왔다.

크림이 맛있어서 뿌듯했다. 아버님도 포크로 크림을 삭삭 닦아 드셨다. 다행이었다.

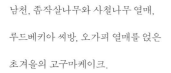

남천, 좀작살나무와 사철나무 열매,

루드베키아 씨방, 오가피 열매를 얹은

초겨울의 고구마케이크.

솔잎, 솔방울, 청미래덩굴 열매로 장식한

늦겨울의 당근케이크.

대결의 종지부,
목수 태어나다

바로 그 가구가 마침내 완성됐다.

처음으로 여유 있는 납품이었다. 최종 오일 마감을 마치고 만 하루가 지난 뒤의 납품이라니. 마감을 확인하자마자 시간에 쫓기며 허겁지겁 도로에 나서던 그전까지와 비교하면 황송할 정도였다. 가구를 실은 차 안에서 우리 부부가 다투지 않은 것도 처음이었다. 아내의 날 선 최종점검이 이번엔 폭풍이 아니라 산들바람처럼 지나갔다. 내가 갑자기 착해진 것은 아니었다.

흠잡을 곳이 별로 없었다.

아, 나의 검침원 역할도 곧 끝나겠구나. 예감했다. 이제 곧 목수만의 가구가 되겠구나. 그의 가구는 나의 잔소리 너머의 영역으로, 나의 손길이 필요하지 않은 곳으로 마침내 떠나려 하고 있었다. 다 큰 아들 군대 보내는 어머니, 혹은 의지하며 그 하나 바라보고 키운 딸 시집보내는 아버지의 심정이 이런 것일까. 완벽한 자식이라서 감동스럽다기보다 좌충우돌 성장해온 그 모습을 기억하기에 가슴 찡한 자식 같았다. 목수는 한 문턱을 넘어서고 있었다. 작업실 한편에 놓인 1,800밀리미터 길이의 탁자를 두고두고 바라보았다.

1,800밀리미터라면 작은 크기가 아니다.

의뢰하신 분은 원목의 형태가 잘 살아 있는 탁자의 샘플 사진을 이메일로 보내왔다. 이런 탁자의 제작이 가능한가요? 다음 날, 목수는 목재를 쌓아둔 간이 창고를 살펴보았다. 의뢰인이 원하는 크기. 자연의 곡선이 살아 있는 형태. 다행히 모아놓은 나무 가운데, 그중에서도 판재로 켠 뒤 삼 년 이상 건조를 마친 나무 가운데 두 개의 샘플을 찾을 수 있었다. 하나는 참죽나무. 일반적으로 선호되는, 자연스러운 곡선이 살아 있되 전체적인 형태는 사각에 가까운 무난한 나무였다. 그리고 또 하나는 목재로서의 품질은 훌륭하지만 전체적인 선이 파격적인 우리 소나무였다.

의뢰인은 두 번째 나무를 골랐다. 나무 자체의 선과 질감을 선택한 것이다. 이후 여러 번 이메일을 주고받았다. 디자인과 구조 사이의 적당한 지점을 찾아 합의해야 했다. 의뢰인은 다리를 포함해 전체적으로 선이 삭제된 단순한 디자인을 원했고 목수는 그럼에도 불구하고 안정적이어야만 하는 탁자의 구조에 대해 설명했다. 견고한 구조를 위해 부득이 선이 추가되어야 하는 경우가 있었다. 다행히 몇 장의 시안 가운데 하나가 낙점을 받아 제작에 들어갈 수 있었다.

자신이 사용할 가구에 이 정도 관심 있는 분을 만난다는 것은 기분 좋은 일이었다. 상판의 형태부터 전체적인 디자인까지 세부적인 사항을 함께 결정했다. 목수도 그랬겠지만 곁에서 지켜본

이 탁자와 함께 검열은 종지부를 찍었다.

이제 아내에게 목수의 손은

감시가 아닌 존경의 대상이다.

나도 그 정성에 마음이 움직였다. 그리고 고마웠다. 땀 흘려 얻은 작물이 농부의 자존심이자 존재의 한 이유인 것처럼 목수에게 가구는 자존심이자 자부심, 삶의 중요한 축이다. 그 가구에 정성을 기울여주는 고객은 고마운 존재일 수밖에 없다.

조립을 마친 뒤 표면에 흡수되고 남을 정도로 듬뿍, 충분히 오일을 올렸다. 나무의 따뜻함과 오일의 부드러움이 서로 화해하며 적절히 조화를 이뤄나가는 모습을 보았다. 상판의 용솟음치는 결은 오일의 유연함과 촉촉함을 흡수한 뒤 한층 생기를 띠었다. 아직 완벽하진 않지만 서로를 인정하고 자기 자리를 찾아가는 그 모습을 보았을 때 내 마음속에는 여러 가지 감정이 뒤섞였다. 고마움, 뿌듯함, 아쉬움, 기쁨, 보람, 슬픔, 그리고 애잔함.

내가 본 것은 완성이 아닌 시작의 신호였다. 마침내 출발선에 섰으니 이제 시작해도 좋다는 신호. 아름다움이 언젠가 모습을 드러낼 것이라는.

목수는 자신의 길을 갈 준비가 되었다.

정확함과 견고함, 그리고 무엇보다 따뜻함.

그것이 목수의 출발선이었다.

최소한의 가구로
좋아

사람들은 가구를 소모품으로 생각한다. 때 되면 버리고 새로 사는 물건이라고. 사실 모든 물건에는 끝이 있다. 목수와 나는 가구가 '끝'을 맞이하는 방식에 대해 생각하고 있다. 생을 마친 유기물들은 흙으로 돌아간다. 미생물의 작용에 의해 햇빛과 비바람, 작은 곤충들의 도움을 받아 신기루처럼 분해된다. 우리가 바라는 가구의 끝이란 그런 것이다. 온몸이 그저 나무이고 표면에 아마씨와 기름오동나무에서 짠 기름이 흡수되어 있을 뿐이므로, 야생의 풍화작용이 목수의 가구를 썩히고 부러뜨리고 가루로 부수는 데는 그리 오랜 시간이 걸리지 않을 것이다. 부수적으로 사용하는 접착제는 '도마 및 식기에 사용'할 수 있다고 다른 나라 식약청의 허가를 받은 제품이다. 사용되는 부위는 대개 먹는 것과는 상관없는 부분이지만, 가구를 사용하는 동안과 마찬가지로 흙으로 돌아간 후에도 안전해야 한다. 오래된 흙집이 무너진 자리를 보라. 남은 것은 먼지와 아직 분해되지 않은, 언젠가 뒤를 이어 분해될 부러진 문살의 잔해뿐이다. 우리 가구도 그랬으면 한다. 자연의 힘에 의해 온전히 먼지로 사라지는 안전.

사람들은 가구에서 다만 가구를 볼 뿐이다. 이십 년 된 참죽나무의 등걸을 도막 내 잘 다듬어 상판에 붙이면 '탁자의 다리'라고 부른다. 수령 육십 년이 넘은 소나무의 벌목을 의뢰받고 태안을 찾았던 날이 생각난다. 옹알이를 막 시작한 어린 딸을 품에 안고 조수석에서 내렸다. 아늑한 소나무 언덕. 두툼한 솔잎에 가리어진 바닥이 푹신했다. 오래된 숲이로구나. 발바닥으로 알았다. 단청을 새로 단장한 아담한 제실은 굽이굽이 하늘을 이고 선 점잖은 소나무들에 둘러싸여 있었다. 그 가운데 단연 눈에 띄는 한 그루. 가장 높고 가장 굵은 아름드리 소나무가 바로 종친들이 목수에게 내어주려는 나무였다. 행여나 태풍에 넘어지며 제실을 덮칠까 염려된다고 했다. 강풍을 동반한 여러 차례의 태풍이 태안반도의 수려한 소나무들을 수없이 절단 낸 해였다. 얼마 뒤 목수는 장비를 동원해 직접 나무를 벴다. 그리고 몇 년이 흘러 그 나무는 좌탁이 되었다. 탁자를 납품하며 목수가 말했다.

"이 탁자의 상판은 원래 태안의 한 제실 옆에 서 있던 나무입니다."

가구의 주인은 그러냐고 했다. 우리의 서툰 표현으로는 다 전할 수가 없었다. 그 나무의 위엄, 그 언덕의 고요함, 발바닥으로 전해지던 그 작은 숲의 연륜.

폭 60센티미터의 일반적인 좌식 탁자를 만들기 위해 딱 그만한 크기의 판재를 쓰는 경우는 없다. 다듬으며 잘라내는 부분을 고려해 판재의 폭은 70~80센티미터 이상이 되어야 한다. 판재의 폭이란 곧 그 자재를 얻은 통나무 원목의 지름이다. 통나무를 잘라낸 단면의 지름이 최소 80센티미터라는 말이다. 지상으로부터 수백 미터 위로 즐비한 마천루를 세우고 몇만 광년의 우주 공간을 작은 방 안에 앉아 계산하는 인간이라는 존재 앞에 고작 지름 80센티미터의 나무? 우습게 생각될지 모른다. 그러나 지구라는 행성이 그만한 식물을 길러내는 데 들이는 시간은 적어도 우리 인간의 생애보다는 길다. 지름 80센티미터의 소나무가 자라려면 종류와 환경에 따라 다르지만, 대략 백오십 년에서 이백 년의 시간이 필요하다. 가구재로서는 흔치 않은 대형 나무다. 그래서 목수는 보통 절반 폭의 나무 두 장을 맞붙여 원하는 너비의 판재를 만들어내는데, 지름이 그 절반만 한 나무의 수령이 육십 년 이상이다. 그것이 원목가구다.

가구는 숲에서 시작되므로 그 안에 반드시 숲의 흔적을 담고 있다. 팔뚝만큼 굵은 참죽이 상판 아래 달려 있으면 그게 그냥 탁자의 다리가 아니라 원래는 어떤 나무의 살아 있는 허리였다는 사실을 알 수 있다. 인적 드문 숲이든 혹은 평범한 농가의 뒤뜰이든 그만한 굵기로 자라기까지 나무는 쉽지 않은 길을 걸어왔다. 공중에서 툭 떨어진 씨앗이 발아에 필요한 꼭 그만큼의 온도, 습도, 양분을 갖춘 땅 위에 떨어질 확률이 얼마나 될까? 쉽지 않다.

나무는 말을 하지 않는다.

나무의 얘기를 들으려면 귀가 아닌

마음을 열어야 한다.

게다가 이미 다 자란 주변의 나무들은 갓 나온 어린 새싹이 자신의 경쟁상대로 자라나기를 원하지 않는다. 싹이 튼 자리에 넓고 짙은 그늘이 고집스럽게 드리워진다. 우연히 꺾인 가지의 틈새로 한줄기 햇살이 비쳐 들어올 때까지 나무는 한 뼘짜리 줄기의 모습으로 몇 년, 때로는 수십 년을 와신상담한다.

쉽지 않았던 성장의 흔적을 나이테는 고스란히 보여준다. 극심한 가뭄이나 양분 부족으로 성장 혹은 생존 자체에 위기를 겪었던 흔적은 쩨지게 촘촘한 나이테에, 마음 놓고 생장점을 넓혀간 태평성대의 기억은 널찍하니 시원한 나이테에 담겨 있다. 감탄을 자아내는 가구의 결이란 바로 이 나이테다. 가구의 결은 표면의 무늬만이 아니다. 나뭇결은 세월로 이루어진 나무의 몸이다.

나무로 만들어 오래 쓴 밥상을 가만히 쓸어보라. 파도치듯 잔잔한 나뭇결이 손바닥에 느껴진다. 시간은 나이테의 무른 부분을 깎아내리고 단단한 부분을 몽돌처럼 다듬어 남겨놓았다. 나이테는 나무가 숲에서 보낸 세월이자 목수가 발견한 아름다움이고 밥그릇을 채우고 또 비우며 쌓아온 주인장의 기억이다. 그 나무가 밥상이다. 무언가…… 밥상의 말이 들리지 않는가?

가구의 말이 때로 경고음처럼 날카로울 때도 있다. 나왕으로 만든 목수의 창틀을 보았을 때 그랬다. 인도네시아, 말레이시아 등 동남아시아 여러 나라를 원산지로 하는 원시림의 나왕은 지난 수십 년간 고갈에 가까울 정도로 남벌되어왔다. 삼림 중 나왕의 비율이 높은 국가일수록 더 많은 숲이 사라져 열대림 파괴의 한 원인으로 지목될 정도다. 나무가 사라진 황량한 밀림의 풍경이 떠올랐다. 창문 만들자고 그 나무를 가져와 쓰다니.

목수의 나왕은 지역 건재상의 오래된 재고 더미에서 소량 구한 것이었다. 예전에 적당히 마른 우리 소나무로 창틀을 짰다가 겨울을 한 번 나고 틀어지는 바람에 몇 번을 오가며 고쳐드리느라 애를 먹은 적이 있었다.

"이번엔 분명히 틀어지지 않을 나무를 구하느라 그랬어."

완전 건조된 나왕은 뒤틀림과 휨이 없는 좋은 목재다. 하지만 그날 우리는 약속했다.

"가능한 한 나왕은 쓰지 말자. 그 나무를 얻느라 숲이 파괴되는 목재는 쓰지 말자."

지킬 수 있을까? 숱한 나무들의 이력을 일일이 확인할 수 있을까? 목수의 손으로 직접 베어 온 나무를 쓰는 한은 일단 그렇다. 지역의 제재소에서 몇 그루씩 모아온 우리 나무를 쓰는 한은.

가구의 끝이 '안전한 먼지'라는 것만으로는 충분하지 않다. 쓰다가 안전하게 버리는 것만으로는 부족하다. 가구는 소모품이 아니다. 누군가의 삶이 어떻게 나의 소모품인가. 가구에는 나무와 숲과 목수의 삶이 담겨 있고 바라건대 주인장의 삶이 담길 자

가구는 한 나무의 일생.

아끼지 않을 수 없다.

리도 거기 충분하다. 최고의 가구는 잘 만든 가구가 아니라 추억이 담긴 가구인 것을.

"꼭 필요한 최소한의 가구를 만드세요. 그리고 고쳐가며 평생 쓰세요."

처음 만든 나무작업실의 홍보 문구였다. 그걸 보고 목수가 옆구리를 쿡 찔렀다. '어떻게 먹고살려고?' 심각한 얼굴을 보자 웃음이 났다. 여보, 당신이 일 없어 노는 일은 없을 거예요. 부지런한 당신 손은 일을 몰고 다니잖아요. 걱정 말아요. 당신만의 가구를 믿고 있습니다.

집으로⋯⋯

참 신기하다. 계절의 순환이 자연에만 있지 않다는 것이.

"돈도 일도 생각하지 말고 무엇이든 할 수 있다면 뭘 제일 하고 싶어?"

"글쎄."

잠시 후 대답이 돌아왔다.

"쉬고 싶어. 집에 가고 싶어."

언제까지 짙푸르게 치열할 것만 같던 작업실 생활. 어느덧 계절은 변해 있었다. 얼마간의 수확을 갈무리하자 겨울잠의 시절이 돌아왔다. 정원도, 목수도. 임대 기간이 만료되어가는 작업실 이전 문제를 두고 우리에겐 이것저것 따지고 계산할 것이 많았다. 어디로 갈까? 이제는 평생 쓸 작업실을 지어야 해. 땅을 사야겠군. 아이 키우며 살기 좋은 산너울 마을 근처가 낫지 않을까? 그래도 땅값이 조금 저렴한 다른 곳이 현실적이겠지?

그러다 결론이 났다. 집이었다.

"집?"

"동미골."

목수가 태어나 자란 마을이자 부모님의 집이 있는 곳이었다.

"거기 가면 마음이 편해. 아무리 일이 바빠도 뭐랄까…… 아무 생각 없이 편해."

그렇게 쉬는 모습, 마음 편하게 일하는 목수의 모습을 볼 수 있다면. 망설일 수가 없었다. 가자. 복잡했던 것의 결말이 어렵지 않게 났다.

나는 고향이 무엇인지 모른다. 내가 태어난 곳은 강남 개발 시대에 최초로 지어진 아파트 중 하나였다. 대학에 들어가던 해에 버스를 타고 옛 동네를 찾아갔다. 남아 있는 것이 별로 없었다. 재개발에 들어간 근처의 오래된 아파트를 근거로 사라진 '고향집'의 위치를 추적해보았다. 간신히 단서를 잡은 것은 벼랑이었다. 벼랑처럼 가파른 산길에 놓인 계단을 내려가 실개울에서 송사리를 잡던 기억이 있었기 때문이었다. 위아래 동네를 이어주던 그 산기슭은 불과 십오 년 뒤인 스무 살의 내 눈 앞에 수직의 바위절벽으로 변해 있었다. 깎아지른 절벽에 등을 기댄 고급 빌라단지가 들어서 있었다. 더 많은 택지를 개발하기 위한 평탄화 작업은 일대의 지형을 변화시켰다. 꼭대기 놀이터에서 물끄러미 내려다보이던 크고 작은 언덕들. 너울진 그 동네는 사라지고 없었다. 찾아가면 언제나 그 자리라는 느낌을 나는 모른다.

부모님이 농사지으시던 땅을 구했다. 전면이 먼 바다를 향해

탁 트인 따뜻한 남향 땅이었다. 평생 산그늘에 잠긴 북향집에서 살아오신 부모님의 한도 풀릴 듯했다. 어린 목수가 나무 베어 장난감 만들던 뒷산이 코앞, 배고프면 바다에 나가 해삼 주워 먹던 옛날 얘기들이 바로 그 마을 이야기였다. 달라진 것도 있었다. 더 나은 살길을 찾아 떠난 사람들은 다시 돌아오지 않았고 아이들이 북적거리던 마을엔 어르신들만 남아 좀 조용해졌다. 밭매던 어머니가 아궁이 방에 들어가 산파도 없이 목수를 낳고 아버지가 맨손으로 탯줄을 끊었던 그 시절엔 도로도 전기도 마을에 없었다. 이제 돌아온 목수가 작업실을 열기 위해서는 기계의 동력을 마음껏 발휘할 수 있는 고압의 삼선 전기가 필요하다. 전화 한 통이면 전력회사 직원들이 잘 닦인 길을 트럭으로 달려와 어렵지 않게 선을 내려줄 것이다.

목재 창고를 포함한 작은 작업실을 짓기로 했다. 가족을 위한 여남은 평의 살림채와 나란히. 비바람과 습기로부터 나무를 지키고 겨울의 추위와 여름의 더위로부터 우리 자신을 보호할 수 있는 작고 소박한 오두막. 삶의 폐허 속에서 나카시마 선생이 펜실베이니아의 깊은 숲 속에 먼저 세웠던 것도 다름 아닌 작은 오두막이었다. 욕심 부리지 않는 집과 작업실은 어린 묘목인 우리 가족의 생활을 보호해주고 그 땅에 뿌리를 내려 해마다 조금씩 큰 나무로 자라나게 도와줄 것이다.

서해. 우리의 집. 필요한 것은 많지 않다.

우리가 일구고 싶은 것은 부나 성공 같은 것이 아니다.

고향이다.

살다보면 나도 알 수 있을지 모른다. 고향이라는 것의 느낌을. 어떤 일이 닥쳐도 그곳에 가면 휴식이라는 목수의 마음을. 그리고 언젠가 성장해 넓은 세계로 나갔던 딸이 돌아오면 언제나 그 자리에서 우리가 살아온 소박한 흔적과 마주할 것이다.

그거면 됐다.

짬뽕 두 그릇의 소명

작업실을 처음 시작했던, 하천마저 꽁꽁 얼어붙었던 겨울이 생각난다. 연기만 푹푹 샐 뿐 온기는 오래가지 않는 난로 앞에서 목수는 종일 나무를 깎았다. 하루는 점심때가 지나도록 도시락이 오지 않았다. 차에 시동을 걸고 면 소재지에 나가본다. 지갑이 가볍다. 이것저것 빠듯하게 자재를 사고 나니 배에서 꼬르륵 소리가 올라온다. 일요일엔 문을 연 식당이 별로 없다. 그때 골목길 중국집의 문이 열린 것을 보았다. 빛바랜 간판에 '東生春(동생춘)'이라고 씌어 있다. 꽁꽁 언 몸에 얼큰한 짬뽕 국물 생각이 간절하다. 짬뽕 값이 얼마나 하려나? 오천 원쯤 하겠지. 지갑은 좀 전에 들른 철물점에서 다 털렸고 주머니를 뒤져볼까. 천 원짜리 몇 장, 오백 원짜리 몇 개, 백 원짜리……. 다음번 수금이 들어올 때까지 목수의 전 재산이다. 주머니를 확인한 목수는 드르륵 동생춘의 문을 열었다.

서천군 판교면의 짬뽕 집 동생춘은 그 뒤로 목수의 단골집이 되었다. 손톱만큼 작은 싱싱한 자연산 굴이 한 국자씩, 갯것이 뜸해지는 여름철이면 달달 볶은 쫄깃한 돼지고기가 수북하게 들어간 진하고 부드러운 국물. 사시사철 변함없이 은발의 꽁지머리를 졸라맨 멋쟁이 사장님은 하도 웃음이 많아서 얼굴의 절반이 주름이다. 적지 않은 연세에 아침마다 거르지 않고 동리를 한 바퀴씩 뜀박질로 돈다. 사모님 말씀으로는 체력을 지키는 방법이라고 했다. 면발을 치고 갈라낼 체력.

사장님의 면은 수타면이다. 밀가루 반죽 뭉치를 도마 위에 길게 펴고 꽈배기처럼 꼬아 양 끄트머리를 손아귀에 고정시킨 뒤 철썩, 철썩, 내리치는 소리가 대포 소리 같다. 들어보면 안다. 과장이 아니다. 늘려 치고, 돌려 치고. 수타면을 홍보하는 중국집을 몇 군데 가봤지만 동생춘의 면처럼 가늘고 부드러우면서도 쫄깃한 면은 먹어보지 못했다. 이렇게 만들어진 면은 즉석에서 끓인 국물에 곁들여진다. 사장님의 국물 냄비는 항상 깨끗이 비어 있다. '두 그릇이오' 주문이 들어오면 그 자리에서 바로 재료를 꺼내 이 인분의 국물을 끓여내는 것이다.

"대단한 짬뽕 집을 발견했어."

목수가 처음 말했을 때, 느끼한 짬뽕 맛을 좋아하지 않는 나는 시큰둥했다. 그래도 강권하는 목수의 청에 얼마 후 맛을 보러 들렀다. 그리고 그 자리에서 짬뽕의 면, 해물, 채소 건더기는 물론 국물 한 방울까지 남김없이 먹어 치웠다. 사장님이 웃으셨다. 원래 사장님은 남자 그릇은 좀 수북하게, 여자 그릇은 좀 가볍게 담

아주신다. 이후로 짬뽕을 시킬 때마다 내가 개 밥그릇 핥아 먹듯 그릇을 싹 비워내자 언제부터인가 우리 일행이 찾아가면 내 그릇이 가장 수북해졌다.

딸아이가 뱃속에 자리 잡은 뒤 입덧이 심해 음식 냄새를 못 맡던 때가 있었다. 길거리에 나서면 어디선가 흘러나오는 냄새 때문에 구역질을 해대는 터라 바깥나들이는 아예 포기한 채 집 안에 들어앉아 배가 고프다며 꺼이꺼이 울던 때였다. 어느 날 출근한 목수에게 전화가 왔다.

"속은 좀 어때? 뭐 좀 먹었어?"

하나도 못 먹었어. 배고파.

"점심 먹으러 동생춘 왔는데 자기 생각나네."

동생춘……?

그 이름을 듣고 대성통곡이 터졌다. 짬뽕이 너무 먹고 싶어서. 결국 목수가 짬뽕을 들고 왔다. 목수 손에는 커다란 반찬통에 짬뽕 국물, 그릇에 면발이 따로 들려 있었다. 불지 말라고. 사장님이 직접 싸주셨다고 했다.

눈앞의 현실이 녹록치 않던 시절 우리는 소명에 대해 생각했다. 넌 왜 목수가 됐니. 넌 왜 하던 일 다 때려치우고 목수 아내가 되어 시골바닥에 남았니. 동생춘의 끝내주는 국물을 목구멍에 넘기며 진지하게, 심각하게, 과거의 상처와 미래의 희망을 이

332

야기 속에 잡탕으로 섞었다. 손바닥처럼 작은 동리에서 낡은 간판을 걸고 짬뽕을 끓여내는 사장님의 인생이 우리 눈앞에 있었다. 기막히게 깊은 짬뽕의 맛에 공감하지 않을 수 없었다. 넌 저렇게 살 준비가 돼 있니? 누가 알아주건 몰라주건 샛노란 단무지에 달랑 양파 한 접시, 흔하디흔한 하얀색 플라스틱 대접에 인생 최고의 짬뽕을 담아 내줄 준비 말이야.

우리가 서천을 떠날 때 짬뽕 값은 좀 올라 육천 원이 되었다. 사장님께 떠나게 되었다고 인사를 드렸다. 왜 가는 거야? 작업실을 지으려고요. 고향에 부모님이 농사지으시던 땅을 얻었어요. 작은 중국집 안에는 육 년 전 처음 목수가 들어와 앉았을 때와 똑같이 탁자 세 개, 오래된 벽지, 수타 치는 모습이 건너다보이는 주방의 창이 있었다. 우리는 항상 앉던 창가 자리에서 짬뽕 두 그릇을 부탁드렸다. 이번에도 내 짬뽕이 좀 더 많았다.

"잘했구먼. 그렇게 점점 나아져야지. 잘했어."

얼굴 가득 사장님의 주름들이 웃었다.

겨우내 우리는 짐을 쌌다. 겨울에도 알 수 있었다. 보이지는 않아도 봄은 오고 있다는 것을. 동생춘, 동쪽에서 시작되는 그 봄에 우리는 정든 시절을 떠났다.

늙은호박

호박은 덩굴이 넓게 뻗으므로 충분한 공터가 필요하다. 어느 정도 양분이 있는 땅이라면 덩굴이 사방으로 뻗지 않도록 가끔씩 가지런히 정리해주기만 하면 더 이상 손댈 것이 없다.

6월 말이면 열매를 맺기 시작하지만 비가 자주 내리는 기간에는 자그마한 열매를 달았던 꽃들이 봉오리째 툭 떨어져버려 수확이 거의 없다. 그러다 장마가 끝나면 본격적으로 호박이 달리기 시작해 하루건너 하나씩 따 먹어도 남아돌 정도로 흔해진다.

늙은호박을 첫 수확한 것은 9월경으로 서리가 내릴 때까지 몇 통을 더 땄다. 흔히 보는 늙은호박도 몇 가지 종류가 있다. 길쭉한 모양의 호박(위의 사진)과 다 늙은 뒤 모양이 방석처럼 동그랗고 골이 파인 둥근 호박(할로윈데이에 쓰이는 호박)이 일반적인데, 둥근 호박 쪽이 죽을 끓이면 단맛이 더 좋다고 한다. 난방을 하지 않는 빈방이나 서늘한 광에 두고 겨우내 먹기에 좋다.